10
18

12, AVENUE D'ITALIE. PARIS XIIIe

Du même auteur

Romans

Le Siège de Bruxelles (Desclée de Brouwer, Paris, 1996)
Les Cendres de Superphénix (Desclée de Brouwer, Paris, 1997)
Un pape suisse (Pocket, Paris, 2006)
1 : *Le Manuscrit du Saint-Sépulcre*
2 : *La Révélation de l'ange*
3 : *La Prophétie du Vatican*

Essais

Le Huitième Jour de la création (Presses polytechniques et universitaires romandes, Lausanne, 1986 ; nouv. éd. 2005 ; nouv. éd. remaniée : *La Grande Illusion de la technique : manifeste pour un développement durable* (Jouvence, Genève, 2006)
Première Épître aux techniciens (avec Philippe Baud) (Presses polytechniques et universitaires romandes, Lausanne, 1990)
L'Énigme Vassula (Favre, Lausanne, 1997)
Tout savoir sur le génie génétique (Favre, Lausanne, 1998)
Peut-on vivre avec l'islam ? (Favre, Lausanne, 1999)
La Suisse, un pays qui ne connaît pas son bonheur (L'Âge d'Homme, Lausanne, 2003)
Science est conscience (Presses polytechniques et universitaires romandes, Lausanne, 2005)
La Tentation publicitaire (Jouvence, Genève, 2006)
Tout savoir sur le cerveau et les dernières découvertes sur le moi (Favre, Lausanne, 2006)

Aux Éditions 10/18

La Mort de Pierre Curie, n° 4045
▶ *Le Crime du prince de Galles*, n° 4046

JACQUES NEIRYNCK

LE CRIME DU PRINCE DE GALLES

INÉDIT

10
18

« Grands Détectives »

dirigé par Jean-Claude Zylberstein

Sur l'auteur

Docteur en sciences appliquées, Jacques Neirynck a enseigné aux universités de Kinshasa (République démocratique du Congo) et de Louvain (Belgique). Après une carrière dans l'industrie, il a dirigé, à partir de 1972, la chaire des Circuits et Systèmes de l'École polytechnique fédérale de Lausanne. Il a siégé au Conseil national de la Confédération helvétique de 1999 à 2003, et se consacre depuis 1996 à son activité de journaliste et d'écrivain. Jacques Neirynck est l'auteur d'une vingtaine d'ouvrages scientifiques, d'essais et d'œuvres de fiction, dont une trilogie romanesque, parue chez Pocket, comprenant *Le Manuscrit du Saint-Sépulcre, La Révélation de l'ange* et *La Prophétie du Vatican.*

ISBN 978-2-264-04352-8

Pour Bernard

« Le pouvoir a des raisons
que la République ne connaît pas. »

François MITTERRAND

I

Le mardi 16 février 1899 fut non seulement le dernier jour de Félix Faure, sixième président de la IIIe République, mais aussi le premier jour à l'Élysée de Raoul Thibaut de Mézières, qui ne devait quitter ce palais qu'à sa retraite, quarante ans plus tard. En perdant la vie dans des circonstances ténébreuses, le président Faure orienta celle de Raoul vers un office particulier : élucider pour le compte de l'État ce que l'on appelle à Paris les affaires, pour ne pas leur donner de plus vilains noms. Il fallut qu'un président meure dans l'exercice d'activités cachées pour qu'un fonctionnaire soit ensuite chargé d'élucider avec discrétion les énigmes liées au pouvoir et de leur trouver des solutions politiquement acceptables. Raoul Thibaut n'appartint jamais ni à la préfecture de police, ni aux Renseignements généraux. Il inaugura cette fonction de police parallèle à laquelle trois Républiques successives eurent recours, afin d'élever le pouvoir au-dessus de ces lois qu'il imposait aux citoyens quelconques.

En cette fin d'après-midi d'hiver, alors que le froid et l'obscurité enveloppaient l'Élysée, Raoul patientait dans l'antichambre surchauffée qui précédait le cabinet du président. Il attendait le moment d'une audience, en compagnie du capitaine Ferrié. Cet officier du corps des transmissions était en charge d'un service d'étude de la télégraphie sans fil, pour laquelle la France accusait un sérieux retard. Autorisé à recruter un assistant, Gustave Ferrié s'était tourné vers son école d'origine, Polytechnique, et il avait enrôlé Raoul, le major de la promotion 1896. Depuis six mois, ce dernier tendait donc des antennes entre la tour Eiffel et les arbres de l'avenue de Suffren. Comme les branches des platanes présentaient une fâcheuse tendance à casser par grand vent, il déplorait journellement la mesquinerie de la République, qui n'avait pas prévu de construire d'emblée deux tours Eiffel.

Raoul arborait avec prestance la tunique noire de sous-lieutenant du génie, tout en lorgnant un peu trop souvent sur son unique galon, avec un mélange de fierté et d'impatience. Après seulement six mois de carrière, la proximité du pouvoir suprême le remplissait d'une émotion invincible. Il était assis bien droit, sans s'appuyer au dossier, dans un vaste fauteuil Régence, probablement d'origine, garni d'un tissu superbe, bleu roi avec des dessins jaunes. Il promenait son regard sur le plafond couvert d'une fresque qui mettait en scène les frasques de quelques divinités gréco-romaines bien en chair. Les lambris crème, les moulures dorées, les ferrures en bronze, l'alternance de courbes concaves et convexes, tout lui parlait de cet Ancien Régime durant lequel ses ancêtres avaient exercé le pouvoir.

Il se promit de rechercher si le maître d'œuvre du palais en 1718, Henri-Louis de La Tour d'Auvergne, comte d'Évreux, ne lui était pas apparenté, car toute la noblesse française cousinait à six générations de distance. Aujourd'hui, il n'y avait plus de roi, ni de comte, mais un président de la République, fils d'un petit ébéniste du faubourg Saint-Antoine. Après avoir bâti sa fortune et sa carrière sur le commerce du cuir, Félix Faure régnait benoîtement sur la France, depuis ce palais qu'avaient occupé la marquise de Pompadour, le maréchal Murat et le prince-président Louis Napoléon.

Comme il était rompu à l'héraldique, Raoul s'amusa à traduire l'écusson du président, imprimé sur la convocation qu'il tenait à la main : écusson rond d'argent au monogramme FF d'or. En pal, un faisceau de licteur ; à dextre, une branche de laurier et une ancre ; à senestre, un drapeau tricolore. Piteuse contrefaçon d'un art auquel la République aurait mieux fait de renoncer. Un siècle plus tôt, la France avait décapité son roi et assassiné son aristocratie. En châtiment de ce forfait fondateur, elle ne parvenait toujours ni à devenir une République, ni à restaurer le Royaume. C'était un pays qui se jouait la comédie. Et cependant Raoul aspirait à monter sur scène, parce que le rôle de spectateur perpétuel est ennuyeux. Il ne savait pas encore qu'il serait affecté aux coulisses et que cela se déciderait dans les minutes à venir.

Ensuite, Raoul repassa mentalement les arguments qu'il avait préparés pour instruire brièvement le président de ce qui se tramait : les travaux décisifs de Guglielmo Marconi, établissant en 1897 un contact sur douze milles marins entre La Spezia et des bâtiments de la marine italienne ; la liaison prévue entre South-Foreland et Wimereux au-dessus de la Manche au printemps de cette année 1899 ; les communications régulières entre bâtiments de la Royal Navy sur une centaine de kilomètres. Une brève allusion aux intuitions géniales de deux savants anglais, Faraday et Maxwell, pour faire sentir que la science française ne jouissait plus du monopole des traits de génie. Le capitaine Ferrié justifierait ensuite le budget nécessaire à ses travaux, tout en évoquant diplomatiquement les obstacles rencontrés au ministère, qui ne voulait entendre parler de ce projet farfelu. Si la radio française se développait, ce ne serait que par le fait du prince. Il fallait que la science séduise ce tanneur de cuir, qui en ignorait tout.

L'événement se produisit à six heures du soir. Les fenêtres, encadrées de lourds rideaux grenat, ouvraient sur la nuit noire. Encore que le visiteur précédent, le prince Albert de Monaco, fût sorti depuis plus d'une demi-heure, les deux officiers n'avaient toujours pas été invités à pénétrer dans le cabinet du président. Raoul n'osait même pas sortir sa montre du gousset, de peur de paraître impatient. Pour tromper sa contrariété, Gustave Ferrié s'entretenait avec le chef de cabinet, Louis Le Gall, dans le bureau de celui-ci, dont la porte donnant sur l'antichambre était demeurée entrouverte. Raoul percevait vaguement leurs paroles.

Il en ressortait qu'Albert de Monaco avait saisi le prétexte de son programme d'océanographie pour obtenir une audience de Félix Faure, mais qu'il avait vite dévié de son sujet pour revenir, une fois de plus, sur le cas d'Alfred Dreyfus. Cet officier, condamné en 1894 sur la base de documents reconnus faux en 1898, était néanmoins maintenu en exil à l'île du Diable. Le prince s'était mis en tête de décrocher une révision du procès, tandis que Félix Faure se refusait à influencer la justice, au nom de la séparation des pouvoirs. Les deux chefs d'État s'étaient mutuellement irrités, jusqu'à ce que Félix Faure eût feint de se sentir mal pour abréger l'entretien. Après s'être excusé auprès de son visiteur, il avait quitté son cabinet et s'était réfugié dans le bureau d'Henri Blondel, son secrétaire particulier absent ce jour-là, pour y recevoir une certaine dame Steinheil, dont la visite était inopinée. Raoul s'efforça de ne pas entendre ce qui suivit, mais il saisit tout de même que cette entrevue n'était pas du goût de Le Gall.

Or, Raoul n'était pas sans connaître Marguerite Steinheil, car il avait visité l'atelier de son mari peintre dans l'impasse Ronsin, à deux pas de la rue de Vaugirard, voici une semaine plus tôt. Il y avait été conduit par Ambroise Vollard, dont il fréquentait la galerie et à qui il avait déjà acheté quelques toiles. Le marchand voulait lui montrer ce que c'était que de la mauvaise peinture, celle qui faisait l'objet de commandes officielles, celle qui s'étalait au Salon, celle qui ne trouvait pas sa place dans sa galerie à lui. Laissant derrière elle un sillage de parfum, Mme Steinheil avait fait une brève apparition, pour tenter de faire acheter une toile par les visiteurs avec une insistance déplacée. Raoul s'était ingénié à lui trouver mauvais genre, sans y parvenir tout à fait.

Dans sa famille à lui, au fin fond des Ardennes, on lui avait enseigné à se méfier de ces Parisiennes croqueuses de diamants, qui écrèment les fortunes immenses des familles princières, mais ruinent à coup sûr la petite noblesse besogneuse. Comme Marguerite Steinheil, que Vollard appelait Meg, était manifestement au-dessus de ses moyens, il ne valait pas la peine que Raoul s'y intéresse. Elle l'avait pourtant captivé par sa beauté, son aisance et son effronterie, une pratique du regard en face, les yeux dans les yeux, comme si elle n'avait peur de personne. Elle ne sollicitait pas un client potentiel, mais elle le culpabilisait en laissant entendre qu'il avait tort, qu'il ne reconnaissait pas le véritable talent et qu'il ratait une occasion.

Une porte fut ouverte et un cri de femme se fit entendre. Ferrié apparut un bref instant dans l'antichambre pour appeler Raoul. Quand celui-ci pénétra dans le bureau du chef de cabinet, il aperçut Félix Faure blême et chancelant, en habit avec un gilet blanc, soutenu de part et d'autre par Ferrié et Le Gall. Au bord de l'évanouissement, Meg Steinheil épongeait symboliquement son front avec un minuscule mouchoir de batiste, bordé de dentelle. Le président parlait d'une voix basse et altérée, mais Raoul perçut distinctement ses paroles :

— Aidez-moi à m'allonger sur le divan de mon cabinet. Je viens de sentir comme un coup violent à la nuque. Je crois que la mort n'est pas loin. Promettez-moi, mon cher Le Gall, de ne pas me laisser mourir sans un prêtre. Appelez ma femme et mes filles, mais avant tout le curé de la Madeleine.

Pendant que les deux hommes conduisaient le malade à petits pas, Ferrié se retourna un instant :

— Lieutenant, occupez-vous de madame, tandis que nous aidons le président à s'allonger dans son cabinet.

Comme Raoul avait souvent reçu des ordres moins gratifiants, il cueillit volontiers dans ses bras Meg Steinheil, au moment précis où celle-ci fit mine de s'effondrer. Son corps était à la fois souple et ferme, cuirassé par un corset à baleines et enchâssé dans une robe de Maggy Rouf en velours de soie vert : le corsage cintré, la large ceinture, les manches froncées dans les parements en fourrure, une dentelle couvrant une épaule, les avant-bras et la jupe, tout était agencé pour créer une dissymétrie attirant le regard, le canalisant et le captant.

Raoul l'installa dans le fauteuil situé en face du bureau de Le Gall, l'éventa avec son képi, faute de mieux, entrouvrit la fenêtre, découvrit une carafe d'eau sur une table basse et lui en apporta un verre. Mme Steinheil n'avait pas l'air mal en point jusqu'à perdre connaissance. Elle inspecta le liquide avec circonspection et n'en but pas une goutte. Sans rien dire, ils demeurèrent seuls dans le bureau quelques instants, jusqu'à ce que des bruits de pas précipités se fassent entendre dans l'antichambre. Au moment où Le Gall pénétrait dans le bureau, Meg leva les yeux sur Raoul :

— Mais je vous reconnais ! La semaine passée, vous êtes venu impasse Ronsin avec M. Vollard pour visiter l'atelier de mon mari.

Le Gall demeura un instant interloqué, puis il s'adressa à Raoul :

— Lieutenant, connaîtriez-vous par hasard Mme Steinheil ?

Raoul bafouilla ce qui pouvait passer pour un acquiescement. Le Gall l'attira par le bras dans l'antichambre et, dans l'encoignure d'une fenêtre, lui tint à voix basse les propos qui devaient décider de la carrière de Raoul :

— Il faut que Mme Steinheil sorte discrètement de l'Élysée et qu'elle quitte Paris pour quelques jours. Dans un instant, Mme Faure arrivera et, dans une heure, les journalistes tenteront tout pour obtenir des confidences de cette femme-ci, dont vous avez bien compris qu'on ne peut même pas soupçonner la présence dans ces lieux et en ces circonstances. Puis-je vous charger de l'escorter jusqu'au château de Rambouillet ? Comme elle y a ses habitudes avec le président, elle ne refusera vraisemblablement pas de s'y rendre. Mais j'ai besoin de quelqu'un de confiance pour l'entourer, prévenir ses faux pas et tout faire – j'ai bien dit tout – pour qu'elle ne rentre pas chez elle. Sous la main je n'ai que vous, mais vous me semblez discret, clairvoyant et averti des usages du monde. Le temps presse !

Raoul bafouilla à nouveau. Le Gall le remercia aussitôt de sa disponibilité et retourna dans son bureau. Après un bref échange avec Meg, il revint vers Raoul et lui glissa entre les mains une enveloppe.

— Vous tenez ici mille francs, dont vous me rendrez compte à votre retour. Un huissier va vous mener à une issue discrète donnant sur l'avenue de Marigny. Je dispose de la berline fermée du président, toujours attelée, qui vous y prendra dans quelques minutes. Le cocher est un garde républicain, tout comme le postillon qui l'accompagne. Ils vous obéiront sans discuter, quoi que vous leur ordonniez. Pressons, maintenant !

Le cocher assura Raoul et Meg que le trajet prendrait moins de trois heures, car la circulation serait réduite et la route libre à cause de l'obscurité et du froid. L'intérieur de la berline avait été tiédi par des bouillottes. Meg portait une superbe fourrure de zibeline, tandis que Raoul ne disposait que de sa capote d'officier. Une couverture de voyage en écossais vert et rouge était pliée sur le siège qui leur faisait face. Avant d'avoir eu le temps de reprendre souffle, ils furent emportés à vive allure en direction de la porte de Saint-Cloud.

Mme Steinheil se taisait et Raoul se gardait bien de rompre le silence. Il repassait en esprit les événements dont il avait été témoin, afin de se les remémorer avec la plus grande précision possible. Il se répéta les dernières paroles de Félix Faure, jusqu'à les connaître par cœur. Il vérifia dans sa mémoire l'agencement des pièces et la position des personnages. Il lui semblait que les circonstances des faits qu'il venait de vivre valaient la peine d'être connues avec exactitude, car il imaginait sans peine les fables que les journaux élaboreraient.

L'événement lui paraissait curieux : une attaque cérébrale n'est pas anormale pour un homme de cinquante-huit ans, mais elle était liée à la présence d'une femme, qui n'avait pas de raison acceptable d'obtenir un rendez-vous du président, alors que celui-ci attendait encore des visiteurs pour un entretien capital. L'évacuation clandestine de cette visiteuse trahissait une gêne et une hâte qui eussent mérité quelques explications. Le cerveau de Raoul, rompu à l'étude des mathématiques et de la physique, se mit en route instinctivement pour tenter d'éclaircir cette énigme, qui passait à sa portée. Quelle relation existait-il entre la visite imprévue de Marguerite Steinheil et l'attaque du président ?

En traversant Versailles par la grande avenue menant au château, qui était brillamment éclairée par des becs de gaz, Meg sortit de son mutisme pour remarquer que les bouillottes ne dispensaient plus guère de chaleur et que la température extérieure se refroidissait à mesure que l'on quittait Paris pour rouler en rase campagne. En effet les arbres du parc, qu'ils longèrent ensuite, étaient couverts de givre. Raoul déplia la couverture et voulut en envelopper la voyageuse qui protesta :

— Vous claquez des dents dans votre pauvre petite capote. Donnez-moi votre main ! Même à travers le gant, je sens qu'elle est glacée. Je ne tiens pas à devoir vous soigner toute la nuit. Soyez conséquent. Nous partagerons cette couverture et nous nous attiédirons mutuellement.

Quand la couverture fut dépliée sur leurs jambes, Raoul s'arrêta tout de suite de frissonner. Il cessa de ressasser ce qui s'était passé pour mieux observer ce qui se passait. Il se trouvait bercé par le rythme de la berline du président, en compagnie de la maîtresse de celui-ci, enveloppé dans la même couverture, respirant son parfum, percevant jusqu'à la chaleur de son corps. Il goûtait un moment extraordinaire de sa vie. Cela n'était comparable qu'à sa descente exaltante des Champs-Élysées, le 14 juillet 1898, alors qu'il portait le drapeau de l'École polytechnique.

En somme, il suffisait de réussir le concours d'entrée d'une grande école pour se retrouver propulsé au contact du pouvoir : les mathématiques menaient à tout pourvu que l'on en sorte. La république fonctionnait quasiment comme la monarchie, sauf que l'étude y remplaçait la naissance. Puisqu'il cumulait ces deux distinctions, avoir reçu à la naissance le titre de comte et être devenu major de Polytechnique, Raoul pouvait envisager l'avenir avec sérénité. En servant dans l'armée, il honorait la tradition de sa famille, sans cautionner pour autant le régime républicain. En convoyant la favorite du président, il s'inscrivait dans la longue tradition des gentilshommes de la cour, chargés des missions les plus délicates et les plus secrètes. Il se sentit pareil à un héros de ces romans dont il faisait une grande consommation.

Il revint au moment présent, quand ils traversèrent Trappes, dont la rue principale était éclairée. Il jeta un regard de côté. Meg semblait s'être assoupie. Ses yeux étaient fermés par des paupières légèrement fardées de mauve et bordées des cils les plus délicieusement recourbés que Raoul eût observés d'aussi près. Dès que la bourgade fut dépassée et qu'ils plongèrent à nouveau dans l'obscurité de la campagne, la tête de sa compagne glissa insensiblement sur son épaule.

Il s'efforça de ne plus bouger, pour prolonger ce moment d'extase. Le souffle de Meg agaçait le lobe de son oreille droite, un endroit particulièrement sensible de son épiderme. Raoul commença à s'affoler, car ses sens énervés égaraient son corps. Il endura ce délicieux supplice pendant une heure entière, en tâchant de se dominer par l'évocation des héros de la mythologie, de l'hagiographie et de la littérature – Tantale, saint Antoine et Hippolyte – qui avaient éprouvé des tentations semblables. Une culture étendue constitue un précieux recours dans les circonstances inconcevables, puisque toutes ont déjà été imaginées.

En se concentrant de la sorte, il supporta la situation jusqu'à l'entrée dans Rambouillet. Meg se réveilla en poussant un long soupir du plus profond de sa gorge. Elle s'étira comme une chatte et se redressa sans même s'excuser de s'être assoupie dans une position inconvenante. La berline opéra une courbe savante pour s'arrêter pile devant le perron du château, où les attendait un majordome coiffé d'un chapeau haut de forme et enveloppé d'une houppelande, une lanterne à la main. Les pelouses et le gravier des allées étaient recouverts d'une couche de givre. Toute la nature était figée dans la mort de l'hiver.

— J'espère que Madame et Monsieur ont fait un bon voyage.

Le majordome tendit la main pour aider Marguerite Steinheil à descendre de voiture, ce qu'elle fit avec une remarquable légèreté. Elle avait gardé une démarche de jeune fille. En apercevant l'uniforme de Raoul, l'homme claqua des talons pour se présenter :

— Mon lieutenant, à vos ordres : Arsène Champigny, régisseur du château, ancien adjudant de la coloniale.

Tout en débarrassant les voyageurs de leurs manteaux dans le vestibule surchauffé, Champigny leur fit part des dernières nouvelles.

— Nous avons été prévenus de votre arrivée par un appel téléphonique, dès six heures et demie. Le président venait d'être ausculté par le docteur Humbert, qui se trouvait par hasard à l'Élysée. Selon lui, le président présente simplement les symptômes d'une indigestion. Le médecin a ordonné quelques gouttes d'alcool de menthe dans un peu d'eau. Depuis, nous n'avons plus de nouvelles. Mais, puisque vous êtes ici, tout est prêt pour la nuit. Je vais vous indiquer vos chambres. Ma femme, qui est cuisinière, a préparé un en-cas. Après vous être rafraîchis, vous pourrez descendre à la petite salle à manger, où le souper sera servi.

Raoul se rasait très soigneusement pour la seconde fois. Le cabinet de toilette attenant à sa chambre était équipé d'un nécessaire luxueux avec un rasoir déjà affûté. Les joues barbouillées de mousse, il s'arrêta et se regarda dans la glace en réfléchissant à l'ambiguïté de sa situation. Si le président surmontait son malaise, Raoul devait ignorer les agaceries de Mme Steinheil, qui risquaient de se reproduire, car toute complaisance briserait sa carrière dès son début. En revanche, si l'état du président était grave au point d'entraîner son décès, il fallait que Raoul retienne sûrement sa maîtresse loin de Paris, le plus longtemps possible, afin que l'Élysée lui en sache gré. Dans ce dernier cas, il ne fallait surtout pas infliger, à cette séductrice de métier, la suprême vexation d'un vertueux dédain.

Faute de renseignements plus précis sur l'état du président, le dilemme était cornélien, même en faisant abstraction de la séduction naturelle de Meg Steinheil, à laquelle Raoul ne demeurait pas indifférent. Il était comme l'âne de Buridan, placé à égale distance de deux picotins d'avoine, incapable de se décider, risquant de périr par l'effet même de sa perplexité. Agir ou ne pas agir, telle était la question. Elle se posait en termes urgents et dramatiques à un jeune sous-lieutenant du génie, les joues barbouillées de mousse blanche, qui faisait ressortir ses lèvres rouges. Il se trouva clownesque. Par quelle conjonction de malins hasards se faisait-il que l'existence réserve de telles alternatives burlesques ?

Des coups précipités à la porte de sa chambre le tirèrent de son embarras. Il s'essuya le visage et courut ouvrir. C'était Marguerite Steinheil. Elle avait troqué sa robe de jour pour une robe de soirée en dentelle crème, avec un décolleté large mais modeste et des manches qui continuaient les festons du corsage. La jupe était évasée et plongeait en traîne sur l'arrière. Manifestement, elle disposait d'une garde-robe de réserve à Rambouillet. Elle était légèrement essoufflée et parla d'une voix hachée :

— Félix Faure est décédé à dix heures, voici quelques minutes. J'ai joint M. Le Gall au téléphone, non sans peine. Le président est mort d'une congestion cérébrale à la suite d'une hémorragie interne, à la base du crâne, qui s'est lentement propagée. Le Gall m'a suppliée de ne pas bouger de Rambouillet jusqu'à l'élection du successeur, prévue dans quarante-huit heures, et si possible jusqu'aux funérailles qui auront lieu dans une semaine. J'hésite, car Rambouillet n'est pas tellement folichon en hiver.

Raoul demeurait pétrifié en songeant à sa tenue ridicule, en gilet de corps avec les bretelles lui battant les talons, face à cette femme impeccable, coiffée et maquillée, en robe de soirée.

— Vous ne dites rien, monsieur ?

— Je suis bouleversé par la nouvelle, madame.

— Ah oui ! Vraiment ? Mais vous ne le connaissiez pas personnellement. Il ne vous était rien ! Je perds tout, mais vous rien. Ne me prenez pas pour une bécasse ! Ne feignez jamais avec moi, car je ne m'y laisse pas prendre et cela m'irrite.

Elle eut une moue d'incompréhension et finit par tirer une conclusion pratique :

— De toute façon, je meurs de faim. Le voyage et le froid m'ont creusée. Cessez de vous écorcher le visage, vêtez-vous et descendons. Je vous attends ici et je n'en bouge point.

Raoul termina sa toilette en un éclair et descendit le grand escalier en soutenant Marguerite Steinheil, qui avait posé délicieusement sa main gauche sous son bras et soulevait sa traîne de la main droite. En habit, Champigny les attendait, il s'inclina et il annonça rituellement :

— Madame est servie.

— Merci, Arsène.

Elle lui adressait la parole avec ce mélange de familiarité et de distance qui se crée entre une grande dame et un serviteur de longue date. Combien de fois Meg avait-elle été servie dans les mêmes conditions, en passant la soirée en tête-à-tête avec Félix Faure ? Pour stigmatiser son goût du faste, les gazetiers avaient affublé celui-ci du sobriquet de Président-Soleil. Rien n'avait donc changé. Louis XIV n'eût pas été le Roi-Soleil s'il n'avait pas choisi comme favorite Françoise Athénaïs de Montespan, la plus belle et la moins sotte des dames de Versailles. Il fallait donc que Félix Faure choisisse Marguerite Steinheil. « Le président est mort, vive le président ! pensa froidement Raoul. Le deviendrai-je un jour ? En attendant, il faut que j'entretienne la favorite. Je n'ai plus à hésiter. »

La petite salle à manger était bien assez grande pour qu'une tapisserie de Bruxelles, représentant Hercule aux pieds d'Omphale, puisse se déployer sur un mur. La table évoquait aussi les fastes du XVIIe siècle avec ses marqueteries d'écaille, de cuivre, d'étain et de bois précieux. Sur des napperons brodés de fils d'or, la porcelaine de Sèvres avec son décor de rubans, l'argenterie Louis XVI et les verres en cristal de Baccarat. Raoul déchiffrait aisément tous les détails, parce qu'ils correspondaient à l'environnement dans lequel il avait vécu, au château familial de Fresnois, près de Montmédy, à la lisière des Ardennes. Mais ici il accédait au summum du luxe, à des objets quasiment liturgiques, qui avaient été fabriqués à l'usage exclusif des rois de France.

Arsène servit une bisque d'écrevisses accompagnée d'un puligny-montrachet 1897. Puis un pâté de faisan avec un gevrey-chambertin 1894. Il justifia ce plat froid en expliquant que sa femme avait dû puiser dans les conserves à disposition, qu'il n'y avait pas de produits frais, car les glacières n'étaient pas en fonctionnement, mais que tout rentrerait en ordre dès le déjeuner du lendemain. Meg mangea de bon appétit, en parlant à peine.

À la fin du repas, après les fromages, les fruits et le café, la cuisinière vint prendre les ordres de

Madame, en précisant qu'il n'y avait pas de femme de chambre disponible. Arsène et elle constituaient les seuls gardiens du château, en dehors des périodes de résidence du président. Il faisait alors venir le personnel manquant de l'Élysée. Meg répondit :

— Ma bonne Félicie, je vous remercie d'abord pour cet excellent repas. J'aurais scrupule à vous faire veiller davantage. Allez vous coucher, il est près de minuit. Arsène nous servira des grogs dans le petit salon et, ensuite, je me débrouillerai.

En silence, Félicie esquissa une révérence et s'éclipsa. Autant Arsène était courtois et communicatif, autant sa femme paraissait sèche et circonspecte. Elle devait faire partie de la confrérie des femmes vertueuses, qui condamnent les autres pour concurrence déloyale, pensa Raoul. Il fut remorqué par Meg à travers une enfilade de pièces, pour aboutir à un salon de dimensions raisonnables, égayé par une cheminée dans laquelle un feu de grosses bûches de chêne pétillait.

Arsène apporta, sur un plateau, une bouteille de cognac Grande Champagne qu'il déboucha, deux verres, un sucrier, des rondelles de citron sur une soucoupe et une carafe d'eau chaude, qui fumait doucement. Meg composa elle-même les grogs en interrogeant Raoul sur ses préférences, puis elle libéra Arsène, qui referma la porte du salon derrière lui. Raoul eut le sentiment de se retrouver seul dans une cage de cirque avec une superbe panthère. Se laisserait-elle dompter ou le dévorerait-elle ? Le devoir de Raoul lui parut tout tracé : il fallait qu'il demeure dans la cage, quoi qu'il arrive. La République l'appelait à une tâche délectable. À rebours de l'opinion des moralistes, Raoul pensait qu'un devoir qui cesse d'être un plaisir n'a plus de sens. Meg prit la parole pour l'entretenir du même sujet :

— Sans doute avez-vous été surpris de mon apparente indifférence. Ne croyez surtout pas que la mort de Félix Faure ne m'attriste pas. Mais, dans ma position, il faut bien que je maîtrise mes sentiments et que je ne leur donne libre cours qu'à bon escient, c'est-à-dire quand ils me servent.

« Je mène, ne vous en déplaise, une vie de labeur fondée sur le devoir. J'eus le grand malheur d'épouser un mari de vingt-deux ans plus âgé que moi, exerçant un métier qui ne nourrit ni son homme ni la famille de celui-ci. Il faut donc que je mène grand train, que je tienne salon, que j'organise des expositions, que j'incite de riches amateurs à commander des toiles. Celles-ci sont à l'image du peintre, ternes, conventionnelles, ennuyeuses. Personne ne les achèterait, si je n'étais pas l'épouse d'Adolphe Steinheil. Cela m'impose parfois certains engagements à l'égard des acheteurs, obligations que je remplis avec application mais sans passion. Ma liaison avec le président fut ainsi la condition préalable d'un tableau d'Adolphe Steinheil intitulé *Le président Faure décore les officiers de l'armée des Alpes sur le front des troupes*, qui doit bien faire dix ou douze mètres carrés. Il a fallu rehausser le plafond de l'atelier au dernier étage pour loger ce monument. Faites-moi le plaisir d'en sourire !

Raoul s'exécuta sans devoir se contraindre. Ce sourire le mit à l'aise pour la première fois, comme si Meg avait été une personne de sa famille, une sorte de cousine éloignée.

— J'ai visité l'atelier de votre mari la semaine passée, je ne me suis jamais senti contraint en quoi que ce soit. J'ai trouvé que votre maison était accueillante et qu'elle présentait l'allure d'un luxe de bon aloi.

— Ce n'est pas le grand luxe. Les nappes sont toutes trouées, mais je possède l'art de disposer un vase pour dissimuler leur misère. On ne monnaye pas de toiles, si on a l'air d'en avoir besoin. La peinture ne se vend pas à tout le monde, mais uniquement à ceux qui ne savent que faire de leur argent et qui le dépensent pour acquérir non la toile, mais le statut qu'elle confère ou les faveurs que j'accorde.

Raoul ne sut que répliquer. Il n'était du reste pas évident qu'il dût répondre, au risque de déplaire à Meg, personne imprévisible, sagace et dangereuse. Il était de service pour préserver la France d'un péril considérable et, peut-être, pour découvrir ce qui s'était réellement passé à l'Élysée à six heures cet après-midi-là. Meg continua ses explications :

— Dans la bonne société, les hommes font des enfants à leurs femmes à proportion de ce qui semble convenable. Au moins un garçon et une fille. Pas forcément plus, pour éviter de disperser l'héritage, surtout si la fortune de la famille est précaire. Pas beaucoup plus de toute façon, car une grossesse est une épreuve pénible pour la femme et l'accouchement davantage encore, périlleux en sus. Au-delà de ce qui est nécessaire à la perpétuation du nom, les intérêts du mari et la santé de son épouse les poussent à s'abstenir de tout rapport. Celle-ci n'y a pris du reste aucun plaisir, de sorte qu'elle admet facilement que son époux trouve cette satisfaction auprès de personnes comme moi. Les prêtres répètent à la mère de famille que les méthodes limitant les naissances sont un péché monstrueux et l'avortement un crime qui mérite les flammes de l'enfer. C'est à un office de substitution que les femmes comme moi sont indispensables. Sans nous, la noblesse et la bourgeoisie n'iraient pas très loin. Nous sommes les machinistes de l'amour, celles que l'on ne voit pas sur la scène, celles qui rendent possible le spectacle édifiant des familles unies, des couples assortis et des héritages préservés.

« Berthe Faure et sa fille Lucie m'ont toujours témoigné beaucoup de courtoisie, sans que rien de déplaisant dans leur attitude ne puisse m'offusquer. Oserais-je même dire qu'une certaine amitié me lie à Lucie, plus proche de moi par l'âge ? Dans la minute qui a suivi l'annonce de la mort, j'ai composé quelques lignes pour lui témoigner ma compassion. Pourriez-vous y jeter un coup d'œil, pour bien m'assurer que rien d'inconvenant ne s'y trouve ?

Raoul se pencha sur un papier à en-tête imprimé de Marguerite Steinheil, preuve que celle-ci disposait d'une véritable résidence à Rambouillet. Une petite écriture à l'encre violette distillait un message convenu :

Chère Mademoiselle,

Comme je pense à vous, à votre chère mère et à votre sœur, car la perte si inattendue du regretté président doit vous faire encore plus souffrir que quiconque. Ma sympathie si grande pour vous se change en tendresse profonde. Que Dieu vous soutienne et vous donne la force de supporter cet atroce chagrin ! C'est le vœu d'un cœur qui n'oubliera jamais la bonté pour les miens de celui que pleure toute la France. Croyez à ma sincère affection.

C'était signé simplement « Marguerite ».

— Je l'enverrai demain par porteur. C'est tout ce que je peux faire. Je ne puis adresser un mot directement à Berthe, cela ne serait pas convenable. Par ailleurs, il faudra que je m'abstienne de participer à la messe de funérailles, car cela ferait jaser. Voilà où nous en sommes à Paris ! La dernière femme qu'un homme ait aimée ne peut lui rendre les derniers devoirs.

Elle fit mine d'avoir pleuré, en se tamponnant les yeux avec son mouchoir minuscule, bien incapable d'éponger la moindre larme. Peut-être pleurait-elle vraiment, mais tout semblait tellement calculé chez elle qu'il était impossible de le savoir. Sa lettre était un petit chef-d'œuvre d'effronterie abjecte, pensa d'abord Raoul. Puis il se corrigea. Les femmes entretenaient entre elles des relations qu'un homme ne peut imaginer. Puisqu'il était admis que le président de la République dût avoir une maîtresse en titre, Meg Steinheil convenait sans doute bien mieux qu'une autre. Elle n'était pas aussi dispendieuse que Liane de Pougy, Émilienne d'Alençon ou la Belle Otero, qui faisaient rémunérer une seule nuit par une rivière de diamants. Berthe et Lucie Faure pouvaient peut-être se sentir rassurées et ne voir en Marguerite Steinheil qu'une modeste concession.

— Je suis désolé, dit bassement Raoul, qui ne l'était pas.

Il commençait à s'intéresser vraiment à Meg Steinheil. Après tout, elle en savait sur Félix Faure bien plus que beaucoup d'autres. En la faisant parler, il obtiendrait des bribes d'information qui pourraient intéresser Le Gall.

— Je suis curieux de savoir comment cet accident de santé a frappé le président. Il semblait tellement robuste !

— Il l'était, répondit-elle avec un sourire équivoque, et parfois trop. Mais il travaillait surtout avec excès. Cette affaire Dreyfus l'a tué, parmi beaucoup d'autres. En 94, le capitaine est condamné pour trahison, pratiquement sans preuves. L'année passée, le colonel Henry se coupe la gorge et avoue de ce fait qu'il a fabriqué un faux pour obtenir cette condamnation, par simple haine des Juifs. Au lieu de reconnaître simplement son innocence, l'armée prétend rejuger Dreyfus cet automne et le tribunal militaire est encore capable de le condamner à nouveau. Le président se sentait à la fois responsable de cette situation invraisemblable, qui déshonore la France aux yeux du monde, tout en se refusant à intervenir par respect pour la séparation des pouvoirs. Comme les hommes sont compliqués ! Ce sera sans doute M. Loubet qui lui succédera, puisqu'il préside le Sénat. C'est un dreyfusard avoué. Il lui sera plus facile de gracier le condamné. Dreyfus recouvrera son honneur.

— Pardonnez-moi de vous poser cette question. Est-ce que vous êtes juive vous aussi ?

— Non. Je suis d'une famille protestante d'Alsace. Mais nous autres, les réformés, nous avons également subi la persécution des rois de France. Nous comprenons mieux ce que c'est que d'être condamné non pour un délit que l'on n'a pas commis, mais pour ce que l'on est. En France, il ne faut pas appartenir à une minorité, car on se retrouve soupçonnés par le pouvoir. Celui-ci ne conçoit que des Français interchangeables.

Elle servit deux nouveaux grogs. Raoul se sentait submergé par une chaleur intérieure, qui se combinait au rayonnement de la cheminée. Meg était tout aussi détendue. Elle se confia comme si elle se parlait à elle-même :

— Félix m'a appelée à cinq heures de l'après-midi, juste avant de recevoir le prince de Monaco. Il se sentait déjà mal, il voulait me voir pour me confier un document capital, qui doit servir à rédiger ses Mémoires et dont il avait peur qu'il soit soustrait et détruit. Il m'a reçue à cinq heures et demie dans le bureau de Blondel, dont la porte est restée ouverte, car Félix se plaignait d'étouffements. Il s'exprimait avec peine. Il a eu juste le temps de me transmettre une enveloppe et puis j'ai appelé M. Le Gall.

— Il vous faisait souvent ce genre de confidences ?

— Je travaillais avec lui à la rédaction de ses Mémoires et j'étais forcément au courant des affaires de l'État. Cela ne veut pas dire que je tenais en main les rênes de celui-ci, mais le président m'a demandé conseil à maintes reprises. Une femme jouit d'une intuition propre à son sexe. Félix était assez fin pour en être persuadé. Je perds un amant, un père, un protecteur. Je perds tout. Combien ai-je reçu de visiteurs impasse Ronsin, qui venaient dans ma pauvre maison, parce que le président de la République risquait de s'y trouver ? Tenez, même le prince de Galles. Le futur roi de Grande-Bretagne.

Lors d'une visite de celui-ci à l'École polytechnique, Raoul avait rencontré celui qui régnerait un jour sous le nom d'Édouard VII, lorsque Victoria, sa mère, âgée de quatre-vingts ans, finirait par mourir. En tant que meilleur élève de la promotion, il avait bénéficié à cette occasion du privilège inouï de partager la table du général commandant l'École. Le prince de Galles parlait un français passable, il était très sociable et avait la réputation d'être un séducteur cosmopolite. Il s'intéressait surtout aux relations diplomatiques, puisque la politique intérieure lui était interdite par sa mère, mais il affectionnait aussi les à-côtés de celles-ci, les escapades dans le demi-monde des capitales du continent, où il risquait moins d'être reconnu qu'à Londres.

Meg ne se vantait pas, mais mesurait-elle ce que cette visite signifiait ? Édouard construisait patiemment une alliance entre la France et la Grande-Bretagne. Ses virées parisiennes, sa passion des cocottes, son appétit sexuel formidable ouvraient la voie à une réconciliation entre deux ennemis héréditaires. L'ennemi de la France était désormais à l'est, parce que la flotte allemande menaçait l'hégémonie de la Navy et que les Anglais ne le supportaient pas.

La lueur des bûches se refléta dans les yeux de Meg. Elle semblait rêver à Londres et à la condition prestigieuse de maîtresse en titre d'un véritable roi. Elle fixa Raoul et lui confia :

— Ce n'est pas que je tienne aux Anglais. Ce sont des amants pervers. Ils s'initient à de très mauvaises habitudes, d'abord dans les collèges chics et ensuite dans la marine. L'absence de femmes les rend enragés. Ils adoptent des mœurs contre nature, même avec nous, ils deviennent sadiques ou masochistes. Ils me font froid dans le dos, mais ils me fascinent aussi. En coupant le cou à Louis XVI, nous avons beaucoup perdu en France. Les princes, eux au moins, savent vivre. Ils respirent au-dessus des préjugés de ces petits-bourgeois qui gouvernent notre pauvre pays.

Raoul sentit que cette parole s'adressait à lui. Il esquissa un sourire complice. Meg entra dans le vif du sujet, autour duquel ils tournaient depuis quelques heures :

— Mon cher lieutenant, je vous recrute d'abord comme femme de chambre. J'ai renvoyé Félicie, mais je ne puis m'extirper sans votre aide de cette robe, parce qu'elle est boutonnée dans le dos.

Raoul essaya de biaiser :

— Je n'ai jamais compris pourquoi les hommes boutonnent leurs vêtements par-devant et les femmes par-derrière.

— Cette façon de boutonner doit tout à un impératif esthétique, réaliser un corsage uni. Ce n'est pas un piège tendu au faux naïf, que vous feignez d'être. Les femmes du peuple, qui n'ont pas de femme de chambre, boutonnent leurs blouses ou leurs robes par-devant. À supposer du reste que je sois vêtue comme elles, il faudrait tout de même que vous délaciez mon corset. Arrivé à ce point d'intimité, vous ne verrez pas d'inconvénient à poursuivre notre conversation. Je ne suis pas venue dans ce grand château glacé pour grelotter toute seule dans mon lit. Faute de roi, de prince ou même de président, je me contenterai ce soir d'un comte.

II

Si la nuit de Raoul fut enchanteresse, sa journée vira lentement au cauchemar. Au premier instant, il émergea dans une pénombre quasi complète. Seul un mince rayon de soleil se faufilait par l'interstice des lourdes tentures de satin, comme une amorce de solution dans une énigme touffue, cette lueur de perspicacité qui alerte l'inconscient de l'existence d'une explication cachée. Comprendrait-il aujourd'hui ce qui lui était arrivé hier ?

Cette journée de février serait sans doute froide et claire, car le ciel était complètement découvert la veille au soir. En Île-de-France, le soleil d'hiver entraîne un coup de froid, comme si le firmament n'accordait ses faveurs qu'à regret. Cela n'encouragea pas l'amant à quitter la chaleureuse moiteur de la couche.

En tournant la tête, Raoul devina dans la pénombre le corps de Meg, qui semblait encore profondément assoupie, un pouce en bouche, pelotonnée en position fœtale. Entre une et trois heures du matin, elle avait assumé avec dextérité le rôle d'éducatrice dans les arts de l'amour, en assortissant de commentaires imagés ses conseils techniques, ses formules magiques et ses recettes d'alcôve :

— Mon cher polytechnicien, supposez que je sois l'hypothèse d'un théorème et que vous en soyez la thèse. L'amour consiste à effectuer une démonstration convaincante. Hypothèse et thèse enfin accordées créent une harmonieuse synthèse.

« Vous appartenez au génie, lieutenant, et non à la cavalerie. Je n'attends pas de vous une charge enthousiaste et imprudente, sabre au clair, mais une victoire mûrement réfléchie et prudemment acquise. Observation du terrain, infiltration d'espions, préparation d'artillerie, estocade décisive, victoire au son des tambours et trompettes. Soyez Bonaparte plutôt que Murat, un homme d'État plutôt qu'un traîne-sabre.

« De cela, il n'en est pas question maintenant. Ne faites pas n'importe quoi n'importe quand. Si l'on ne s'impose pas d'abord des règles, on n'éprouve pas ensuite le plaisir de les transgresser. Il faut un chemin bien balisé, pour admirer confortablement le paysage alentour avant d'y faire des galipettes.

« Dans votre expression amoureuse, on flaire encore la forêt des Ardennes dont vous êtes issu, une odeur de fumée, de fougères et de champignons. J'ai comme la sensation de faire l'amour avec un sanglier. Seraient-ce les femmes de chambre de votre mère qui vous auraient appris cela ?

En de telles circonstances, Raoul n'était accoutumé ni de parler, ni de tellement entendre. Les femmes de chambre et les filles de ferme, auxquelles Meg faisait une allusion sagace, avaient coutume de garder un silence atterré. Il n'avait jamais réussi à y démêler ce qui traduisait le respect dû à un maître de ce qui provenait de la consternation affectée d'une vertu prétendument offensée. L'amour, coupable par nature, se consommait dans un silence gêné.

Grâce aux envolées de Meg, il trouva un aiguillon inédit à un désir déjà bien aiguisé. À trois heures du matin, il recueillit une approbation aimable et sombra dans un véritable coma. De tout cela, il se souvenait ce matin-là avec un mélange de satisfaction et d'inquiétude. Jusqu'à la fin de sa vie, il chérirait certes la mémoire de cette rencontre, mais où le menait-elle ? Avait-il sauvé la République en faisant le don de son propre corps ? N'était-il pas la caricature grotesque et odieuse de l'officier tombant d'une balle en plein front à la tête de sa troupe ?

Il sortit du lit en s'efforçant de ne pas réveiller la panthère qui dormait à ses côtés. Arrivé dans la salle de bains, il put se dévisager. Son visage était marqué par des cernes et une barbe bien visible. Son corps flottait dans une chemise de nuit ridicule, ornée de fanfreluches comme celles que portaient les hommes au siècle précédent. Il se compara au chevalier de Danceny séduit par la marquise de Merteuil dans *Les Liaisons dangereuses*. Il avait été circonvenu, en acceptant un rôle passif pour la première fois de sa vie, car Meg avait pris toutes les initiatives et toutes les décisions, comme si elle était l'homme dans le couple. Était-ce cette rare détermination d'une femme qui avait séduit Félix Faure, trop occupé et trop gauche pour faire la cour, embarrassé par sa charge, ravi d'une entreprise de charme dont il était l'objet plutôt que l'acteur ?

Tandis qu'il se rasait, il fut rejoint par Meg, qui s'était enfin ébrouée. Elle s'assit sur le rebord de la baignoire, sans un mot, sans un geste d'affection, les traits chiffonnés, le regard absent, la bouche amère. Raoul se troubla au point de se couper, ce qui ne lui arrivait jamais. Puis il rassembla son courage pour rompre le silence, sans trouver rien d'autre à dire que :

— Comment allez-vous ?

— Mal.

— C'est-à-dire ?

— Je ne vois pas ce que je fabrique ici à Rambouillet, toute seule, alors que je pourrais rencontrer une foule de gens intéressants à Paris.

— Vous n'êtes pas seule. Je puis m'efforcer de vous rendre le séjour aussi agréable que possible. Dites-moi ce qui vous ferait plaisir.

— Retourner à Paris.

— Vous savez bien que ce n'est pas souhaitable.

— Je ne suis pas en état d'arrestation, que je sache ! Si j'ai envie de partir, ce n'est pas vous qui m'en empêcherez.

— Je ne vous donne pas d'ordre. Je vous rappelle pourquoi vous êtes ici, autant pour votre protection que pour celle de la réputation du président.

— Les morts ne sont plus intéressés par leur réputation.

— L'État est concerné par la réputation de la présidence. Demain un successeur sera élu. Il ne faut pas que cela se fasse dans une mauvaise ambiance. La République est tellement fragile ! Un scandale peut la briser.

— Je m'en fiche de votre République. Les rois avaient au moins le goût de la peinture. J'ai besoin de commandes pour l'atelier d'Adolphe. Maintenant que Félix est mort, il faut que je trouve d'autres clients. Je ne tiens pas à me retrouver à la rue. J'ai des ardoises dans tous les magasins du quartier. Les gages des domestiques n'ont pas été payés depuis deux mois. Cela presse.

— Cela peut s'arranger, répliqua Raoul sur le coup d'une inspiration subite.

Pieds nus dans sa chemise de nuit ridicule, il retourna chercher l'enveloppe confiée par Le Gall et la ramena dans la salle de bains, où Meg s'était dépouillée de sa chemise de nuit et avait ouvert les robinets de la baignoire. Debout, elle se savonnait avec une grosse éponge. Durant la nuit dans l'obscurité de l'alcôve, Raoul n'avait pas eu l'occasion de contempler cette nudité glorieuse, qui l'éblouit littéralement lorsqu'il revint avec son enveloppe à la main. C'était Vénus sortant de l'onde, à portée de main. Il désigna l'enveloppe.

— Je dispose de ce qu'il faut pour parer au plus pressé. M. Le Gall m'a donné libre disposition de ce pécule.

— Combien ?

Quand Meg posait ce genre de question, des fronces apparaissaient autour de sa bouche, comme si c'était une bourse dont on tirait les cordons. Raoul domina sa gêne pour articuler :

— Mille francs.

— Cela peut suffire pour aujourd'hui.

Raoul, qui n'avait jamais recours aux services de l'amour mercenaire, ignorait ses tarifs. Alors que les gages quotidiens d'un domestique ne s'élevaient qu'à cinq francs, cela rapportait deux cent fois plus de vendre son sexe, à un certain niveau de qualification, que de louer ses mains. Il avait passé la nuit avec une prostituée. Telle était la réalité, malgré les ors, les marbres et les tentures du décor. Il éprouva le besoin de se laver à grande eau puis retourna vers sa chambre.

Comme il était midi passé, le petit déjeuner fut esquivé au bénéfice d'un déjeuner somptueux, des bouchées au parmesan, un canard à la niçoise, un plateau de fromages de la région, un ananas enrobé de caramel, une glace Mariette. Un puligny-montrachet suivi d'un château-haut-brion arrosaient subtilement les plats. Meg dégusta d'aussi bon appétit que Raoul. Malgré son caractère versatile, il lui restait un solide fond de provinciale, toujours amadouée par la bonne chère. Elle but aussi davantage qu'il ne convenait à une véritable femme du monde. Elle se mit à rire des plaisanteries banales de Raoul et à surenchérir par des anecdotes polissonnes. Champigny, imperturbable en habit et gants blancs, servait silencieusement.

Après le moka, les petits fours et deux cigarillos – car Meg cultivait également ce vice –, Raoul, désireux de gagner du temps et d'occuper la journée, proposa une grande promenade à pied. Meg accepta de bonne grâce, car le ciel était merveilleusement bleu, le vent était tombé, il avait cessé de geler, le givre avait disparu. Il faudrait encore quelques heures pour que les nuages venus de la Manche gâchent cette éclaircie. Le climat d'Île-de-France bénéficie parfois de ces moments de grâce, pour se faire pardonner les ciels gris, la bruine et le froid humide qui sont son ordinaire hivernal.

Ils marchèrent donc gaiement, d'un bon pas, côte à côte comme deux amis, tantôt les bras ballants, tantôt en se donnant la main, parfois par jeu en se tenant par le petit doigt et en gambadant. Ils firent le tour de la pièce d'eau, prirent la route de la bergerie et se perdirent un peu dans le jardin anglais. Meg était revenue à de meilleurs sentiments. Raoul l'amena à parler d'elle-même, de ses difficultés, de sa famille, sachant que, pour toute femme, c'est un sujet inépuisable et qu'à écouter ce genre de confidences on donne l'impression de s'intéresser à elle.

Marguerite Steinheil avait une petite fille, appelée Marthe, née en 1892, qui avait tout juste sept ans. Elle anticipa une question :

— Marthe est habituée à ce que je m'absente de temps en temps. Dans ce cas, il est convenu que je rends visite à ma tante Lily. Je n'ai bien entendu aucune tante de ce nom, mais j'ai créé le personnage d'une vieille dame acariâtre et richissime, qui me couvre de cadeaux, pourvu que j'entretienne son inclination en passant du temps avec elle. Lorsque je reviens de ces prétendues rencontres, je brode toujours quelques anecdotes à la table familiale au sujet de la santé, de l'humeur ou de la fortune de tante Lily.

« J'ignore si mon mari lui-même est dupe ou si, ne l'étant pas, il me sait gré de ménager sa fierté par un mensonge plausible. Inutile d'ajouter que je ne reçois jamais mes amants à domicile. C'est à l'hôtel, mais pas n'importe lequel. Je préfère la place Vendôme, parce que l'on y a le choix entre le *Ritz*, le *Bristol*, le *Rhin* et le *Vendôme*. Même à l'improviste, on trouve toujours une chambre. En changeant d'hôtel avec chaque amant, j'évite des affronts, ces refus de chambre que la réception inflige même aux meilleurs clients, s'ils sont accompagnés par une femme que le concierge soupçonne d'être une professionnelle. La bonne réputation, cela se gère comme un petit pécule, et d'autant plus soigneusement qu'il est petit.

— Bien entendu, Félix Faure vous recevait exclusivement à l'Élysée.

— Évidemment, il ne pouvait descendre incognito dans un hôtel. Nous prenions rendez-vous au Bois, où il montait à cheval tous les matins dès l'aube. Il arrivait en grand style : un landau attelé à la d'Aumont, les quatre chevaux montés par des postillons en livrée. Les grands jours, il se faisait même précéder d'un piqueur, ce qui lui fut reproché comme un excès de luxe. Mais il faut savoir que tout ce personnel est composé en fait de gardes républicains, qui assurent sa sécurité. Il ne tenait pas à être assassiné comme le fut Sadi Carnot, en 94, par manque de précautions. Il montait, vêtu superbement de gris, monocle à l'œil et œillet à la boutonnière. Il se comportait comme s'il avait été le roi. Et moi, qui galopais à ses côtés, j'étais la reine. La République n'était pas notre héritage, mais la somme de tout ce que nous avions gagné, chacun de son côté. Durant sa jeunesse, il avait tanné lui-même le cuir, un travail abominable par suite de l'odeur des peaux. Et moi, combien ai-je étrillé de vieilles peaux !

« Entre cinq et sept heures, nous disposions d'un petit salon bleu, à proximité de son cabinet. Mais hier ce salon était inaccessible à cause de travaux de tapisserie. C'est pourquoi nous nous sommes rencontrés dans le bureau du secrétaire privé, Blondel, qui était absent. D'ailleurs, cette rencontre était totalement imprévue. Hier matin, le président n'a pas fait sa promenade au Bois, parce qu'il ne se sentait pas bien. Il m'a appelée lui-même au téléphone à cinq heures, parce qu'il se sentait de plus en plus mal et qu'il voulait me remettre un document confidentiel.

— Sans être trop indiscret, puis-je vous demander lequel ?

— Comme je vous l'ai dit, je servais de secrétaire à Félix pour ses futurs Mémoires, qui ne seront jamais terminés maintenant. Il avait constaté que beaucoup de pièces secrètes étaient détruites, aussi bien dans les ministères qu'à Élysée. Il lui semblait que l'histoire de France devait être aussi fidèle que possible, sans tous ces mystères qui persisteront, comme la véritable identité du Masque de fer, la mort de Louis XVII, celle du roi de Rome ou du prince Louis-Napoléon. Il voulait que sa présidence soit l'aube du règne de la raison et de la transparence. Sa mort met un terme à ce projet.

— Et précisément ces documents, qu'il vous a remis à l'ultime moment, concernent quoi ?

— Je serais bien en peine de vous le dire, car c'est un pli cacheté, qu'il m'a recommandé de n'ouvrir que dans vingt ans. Il s'agit sans doute d'une affaire d'État importante, le procès Dreyfus, l'alliance avec l'Angleterre ou la Russie, l'incendie du Bazar de la Charité, l'assassinat du président Sadi Carnot. Que sais-je, moi ? Il y a tellement d'affaires extraordinaires en France que l'on se demande parfois si les Français sont capables de vivre d'une façon ordinaire !

Meg ne croyait pas si bien dire. Quand ils revinrent au château, il était cinq heures, le soir tombait, un grand feu ouvert les attendait dans le petit salon, où le thé était servi. Sur un secrétaire était disposée une pile de journaux, que Champigny était allé chercher à la gare.

Ils se saisirent de la presse et, oubliant le thé qui refroidissait dans les tasses, ils firent une lecture, tantôt consternée, tantôt furieuse, assis tous les deux sur le canapé, côte à côte comme deux écoliers qui partagent le même manuel.

Selon Clemenceau dans *L'Aurore*, « Félix Faure vient de mourir. Cela ne fait pas un homme de moins en France. Néanmoins, voilà une belle place à prendre. C'est Félix Faure qui avait entrepris d'étouffer la révision du procès Dreyfus. La couronne est à qui se fera fort d'écraser l'innocence. Pour mon compte, je vote pour Loubet. » *Le Figaro* condescendait à signifier que Félix Faure était un « brave homme », sur le ton avec lequel un châtelain appelle son fermier « mon brave ». *Le Gaulois* allait de la même ritournelle en s'étonnant « de voir cet ancien ouvrier, né dans une boutique, se trouver à l'aise à la cour de Russie et s'y comporter comme s'il avait toujours vécu sur les marches d'un trône ». Dans *La Revue des Deux Mondes*, on daignait encenser « l'homme de bon conseil » tandis que *Le Temps* soulignait poliment qu'il ne « fut peut-être pas un génie politique, mais qu'il possédait une droiture du caractère ». Pour Jaurès, aux yeux de la gauche, « il a fait beaucoup de mal par une complaisance égoïste à toutes les forces rétrogrades ». Pour *L'Autorité*, « le défunt n'a pas fait un grand trou. Le vide ne sera pas difficile à combler ». Enfin l'anarchiste Sébastien Faure proclamait franchement : « Que sa mémoire soit maudite ! »

Raoul était accoutumé à ces outrances de la presse mais, pour la première fois, elles concernaient un homme dont il avait assisté aux derniers moments, dont il avait la charge de garder maintenant la maîtresse aux frais de l'État et dont il s'efforçait de préserver la mémoire. Il lui parut que l'on s'en prenait moins à l'homme qu'à la fonction et à la République elle-même, une usurpatrice du pouvoir pour la droite et une renégate de la révolution pour la gauche. Comme d'habitude, la France était partagée en deux camps qui ne pouvaient ni l'un ni l'autre imaginer un accord et, ensemble, haïssaient d'instinct l'homme qui avait tenté d'incarner le pays. La mort de Félix Faure arrangeait finalement tout le monde car, tout en n'ayant pas d'ennemis personnels, il était devenu par sa position l'ennemi de tous les Français. Il matérialisait la déchirure sempiternelle de la France et non l'unité factice de la République.

La soirée se passa à de menues distractions. Meg aimait les jeux de société. Ils jouèrent donc aux dames, car les échecs lui donnaient des maux de tête. Quand elle fut lassée du damier, elle se saisit d'un jcu de cartes. Ils jouèrent à la belote, à la manille, à la crapette pour finir par la bataille qui dégénéra en contestation, car elle accusa Raoul de tricher. Il essaya de démontrer que ce n'était pas possible dans un jeu aussi simple. Elle prétendit le fouiller pour trouver des cartes dissimulées dans ses manches, puis dans ses poches, afin de l'agacer et de le disposer à la nuit qui venait.

Heureusement Champigny vint interrompre cette partie galante par l'annonce d'un coup de téléphone pour le lieutenant. Il conduisit Raoul dans un petit bureau ; les dossiers encore étalés témoignaient qu'il s'agissait de celui de Félix Faure. C'était Le Gall qui venait aux nouvelles. Raoul s'efforça de le rassurer : Meg ne rentrerait pas ce soir-là à Paris. Mais elle avait des exigences financières. Le Gall proposa tout de suite de lui offrir, durant la semaine à venir, une compensation de mille francs par journée consacrée à une prétendue mise en ordre des papiers laissés par le président pour la rédaction de ses Mémoires. Elle n'en attendait certainement pas autant, et cela couperait court à toute velléité de retour à Paris.

Le lendemain, le jeudi 18, aurait lieu l'élection du successeur, qui serait presque certainement Émile Loubet, sauf incident imprévu : une fois ce cap franchi, il resterait à neutraliser Marguerite Steinheil jusqu'au 23 février, date prévue pour les funérailles, auxquelles il fallait éviter qu'elle assiste. Après cette date, l'ordre républicain ne courrait plus de danger immédiat. Le Gall annonça tout de même que les journalistes fouillaient de toute part pour élucider les circonstances de la mort du président. Des rumeurs commençaient à courir les rédactions, selon les informateurs dont le gouvernement disposait dans la presse. On parlait d'empoisonnement. La partie n'était donc pas gagnée.

Meg s'était retirée dans sa chambre, en compagnie d'une femme de chambre que Félicie avait recrutée à Rambouillet. Raoul eut donc tout le loisir d'instruire Champigny du voyage que celui-ci devrait faire à Paris pour ramener des fonds de l'Élysée, plus du linge et un complet civil à prendre à son appartement, rue Georges-Ville. Il apprit par la même occasion qu'Arsène Champigny avait été chargé par Le Gall de rechercher et de copier le document que Félix Faure aurait confié à Marguerite Steinheil. Comme celle-ci s'était rendue directement de l'Élysée à Rambouillet, ce document devait se trouver parmi ses affaires. Il sembla évident à Raoul qu'Arsène devait faire partie de la police et qu'il en était sans doute ainsi de tout le personnel de l'Élysée.

Le dîner fut aussi plantureux que le déjeuner. Les deux amants mangèrent d'un bon appétit, ouvert par la promenade de l'après-midi et par la perspective de la nuit. Meg en parla ouvertement :

— L'amour ouvre l'appétit des jeunes et assoupit les vieux !

Elle devait parler d'expérience et Raoul nota cette règle de bonne conduite. Cependant, il dut lutter pour ne pas céder à la fatigue physique, à l'épuisement des sens et à l'engourdissement de l'alcool. Il parvint à demeurer éveillé jusqu'à minuit, en jouant à la bésigue et au piquet tout en absorbant des grogs, dont Meg ne pouvait apparemment pas se passer. Ce fut elle qui décréta à un certain moment :

— Passons à la suite !

Raoul rassembla ses forces et suivit la belle sur des jambes molles. Meg, éblouissante, lui fit vite passer l'envie de dormir.

Le jeudi matin, il fut réveillé par des coups frappés à sa porte. Toujours affublé de sa chemise de nuit à fanfreluches, il tâtonna jusqu'à la porte. Quand il l'ouvrit, il découvrit qu'il faisait grand jour et que le soleil brillait à nouveau. C'était Champigny.

— J'ai pris le premier train pour Paris à six heures. Il est midi passé, je ramène ce que vous m'avez demandé ainsi que les journaux. J'ai jugé qu'il valait la peine que vous les lisiez en premier et que vous preniez la décision de ne pas les montrer à la dame. La situation se complique.

Toujours en liquette, sans prendre la peine d'endosser une robe de chambre, Raoul s'enferma dans le petit bureau du président. *Le Figaro* donnait le ton avec la bienséance qui lui était propre ; l'accusation s'emberlificotait dans les artifices du style : « Le chef de l'État remplissait ses charges avec un dévouement, un tact et une solidité à toute épreuve, tout en y ajoutant des jouissances qui en multipliaient et en rehaussaient les attraits. » Le *Gil Blas* était un peu plus explicite : « M. Félix Faure a disparu en pleine santé, par le fait même de l'excès de sa santé. Sa mort sans souffrances a été à l'image de sa vie heureuse. » *Le Journal du peuple*, qui était d'inspiration libertaire, poussait le bouchon encore plus loin : « Nous pouvons affirmer qu'il n'a pas été empoisonné, mais qu'il est mort pour avoir trop sacrifié à Vénus, en marge du Code et de cette morale officielle dont il était le plus haut représentant. Nous désignerons par l'initiale peu transparente de Mme S. cette jeune personne, qui jouissait des faveurs présidentielles et dont nous connaissons le nom exact et l'adresse. » Dans *L'Aurore*, Georges Clemenceau publiait, prudemment sous la signature d'un de ses échotiers, une sentence définitive : « Faure est retourné au néant : il a dû se sentir chez lui. Il a voulu vivre comme César, il est mort comme Pompée. »

Sous la pile de journaux se trouvait une enveloppe provenant de Le Gall. Elle contenait une liasse de billets de cent francs et un rapport des Renseignements généraux :

« Il paraît que c'est rue de Ponthieu dans un appartement privé que M. Félix Faure aurait eu son attaque. Il était en conversation intime avec la femme d'un peintre qui a fait son portrait récemment, M. Steinheil. »

Le rapport était annoté à la main par Le Gall :

Vous et moi savons que cette assertion est fausse. Mais elle court tout Paris. J'ai réussi à détourner les soupçons portant sur Mme Steinheil en lançant une fausse nouvelle, selon laquelle ce serait en réalité Cécile Sorel, l'actrice bien connue. Il devient obligatoire de maintenir l'intéressée à Rambouillet, par tous les moyens. Vous trouverez ci-joint des arguments sonnants et trébuchants qui devraient vous suffire.

Tous les renseignements que vous pourrez récolter de la part de votre protégée seront les bienvenus. L'inspecteur Champigny est chargé de découvrir si Mme Steinheil a bien reçu un document, d'en faire une copie et de vous le transmettre afin que vous m'en fassiez rapport.

Au déjeuner, Meg accepta comme la chose la plus naturelle du monde de travailler quelques jours à la mise en ordre des papiers du président, moyennant ces honoraires substantiels. Elle téléphona ensuite à sa fille Marthe pour l'entretenir d'un nouveau caprice de tante Lily. Cela se passait dans le bureau du président et Raoul assista à l'entretien. Il perçut la voix suraiguë de la fillette, insistant pour que sa mère revienne ou du moins la fasse venir dans le château de la méchante tante.

Meg jouissait d'un talent extraordinaire de fabulatrice et de manipulatrice. Ses pires mensonges furent débités avec l'art d'une comédienne consommée. On ne pouvait que s'y laisser prendre. La fiction paraissait plus réelle que toute réalité parce qu'elle satisfaisait le goût du merveilleux de l'auditeur. Raoul en déduisit que les renseignements demandés par Le Gall et qu'il obtiendrait de Meg seraient nécessairement douteux. Mais tout mensonge dévoile cette partie de la vérité qu'il s'efforce de dissimuler le plus : l'emballage révèle toujours quelque chose de son contenu. Il fallait que Meg parle le plus possible et que Champigny passe ses affaires au peigne fin.

Tout l'après-midi, Meg travailla donc avec Raoul en s'efforçant de classer des centaines de feuillets, entassés sans ordre dans des tiroirs bourrés au hasard. Manifestement, Félix Faure n'avait pas les automatismes d'un intellectuel. Il n'effectuait aucun tri entre des lettres personnelles (y compris celles reçues de Meg), des dépêches d'agence, des rapports d'ambassade, des propositions de loi, des procès-verbaux de réunion du Conseil et des notes de blanchisserie. Espiègles comme des écoliers, ils rangèrent les documents dans des classeurs, ne prenant le temps de lire que ce qui les faisait rire. Meg ne paraissait pas préoccupée des événements à Paris. Elle vivait au jour le jour, heureuse du décor, de la table et du lit. Ce ne devait pas être son habitude de lire les journaux, car elle ne réclama pas ceux du jour. Elle ignora donc que la presse commençait à la désigner comme la meurtrière galante du président ou comme une éventuelle empoisonneuse.

Raoul se sentait glisser sur une pente dangereuse. Ses relations avec Marguerite Steinheil avaient commencé au lit, là où l'on finit normalement. Comme un film qui se serait déroulé à l'envers, elles refluaient maintenant dans une atmosphère de camaraderie, de complicité et même d'une étrange amitié. Meg devenait une cousine lointaine, avec laquelle il se perdait dans un grand château : ils fouillaient des archives le jour avant de se livrer à une étreinte libertine la nuit. Elle gardait son sang-froid, tandis que lui le perdait. Il devenait bêtement amoureux d'une femme qui ne l'aimerait jamais.

Le réveil du lendemain, le vendredi 19, fut de nouveau brutal. Il était midi comme la veille et des coups furent frappés à la porte sans ménagements. En se jetant en bas du lit, Raoul eut le sentiment que les événements s'étaient précipités à Paris. C'était à nouveau Champigny. Raoul se drapa dans une robe de chambre, car le corridor était glacé.

— Mon lieutenant, M. Le Gall est au téléphone et souhaite vous parler d'urgence.

Le Gall apportait effectivement un lot de mauvaises nouvelles. Certes, Émile Loubet avait été élu la veille, le jeudi 18, à Versailles, par 483 voix contre 274 pour Méline, candidat de la droite. Mais, en rentrant à Paris par la gare Saint-Lazare, il avait été hué par un groupe d'émeutiers, manifestement stipendiés par les nationalistes et les antisémites. Les commentaires des journaux de cette tendance étaient venimeux. Comme l'élection de Loubet présageait la révision du procès Dreyfus, l'affaire renaissait avec vigueur, pareille aux cendres ravivées par un coup de vent. La préfecture de police avait pris des mesures exceptionnelles : saisir les emblèmes séditieux, arrêter les manifestants qui proféreraient des insultes à l'égard des deux présidents, le défunt et celui en fonction, infiltrer les réunions de la droite par des mouchards.

Charles Dupuy, le président du Conseil, avait sollicité du Parlement un crédit de quatre-vingt-cinq mille francs pour les frais de funérailles. La gauche s'y opposait, parce que celles-ci comporteraient une messe à Notre-Dame et que, par un réflexe de faiblesse, Félix Faure avait requis le ministère d'un prêtre durant son agonie. Franc-maçon déclaré, porté au pouvoir par l'influence des loges, il semblait ainsi s'être converti dans ses derniers mois, sans doute sous l'influence de sa femme et de sa fille, l'une et l'autre très pieuses, véritables agents de la réaction au cœur même du pouvoir.

Radicaux et socialistes se sentaient trahis par la mort de Faure, tout autant que la droite par l'élection de Loubet. La République n'avait plus de soutien : elle était déconsidérée par le trépas sordide de Faure en compagnie d'une femme de réputation douteuse, combiné avec le reniement de son engagement anticlérical. Celui qui avait symbolisé le régime s'était rétracté en fin de vie et était passé dans le camp de la droite cléricale. De symbole moral, il était devenu emblème du vice. Son cabinet de travail réunissait les tares du confessionnal et les dérèglements du bordel.

Durant cet entretien téléphonique, Champigny mit sous les yeux de Raoul la copie photographique d'une lettre manuscrite, qu'il avait découverte dans la fourrure de zibeline de Meg. Une poche secrète était ménagée dans la doublure du manteau, preuve que la dame était coutumière de dissimulations diverses. Dès qu'il eut le document sous les yeux, Raoul jugea nécessaire d'en donner lecture par téléphone à Le Gall. La lettre manuscrite était signée par le général de Boisdeffre, chef d'état-major général, sous l'en-tête *Lettre personnelle et confidentielle à M. Félix Faure, président de la République :*

Monsieur le Président,

Selon votre demande, je confirme par la présente lettre sous seing privé la teneur des révélations que je vous ai faites ce 4 septembre 1898 dans votre cabinet. Je confirme que non seulement le capitaine Alfred Dreyfus est totalement innocent des charges qui ont entraîné sa condamnation en 1894, mais que les autorités militaires au niveau le plus élevé en étaient parfaitement conscientes dès le départ. Le capitaine Dreyfus a servi de couverture au commandant Esterházy, qui fournissait de faux renseignements à l'ambassade d'Allemagne, à la demande du service de contre-espionnage de l'armée française. Grâce à ce subterfuge, ce dernier a pu poursuivre son opération durant les quatre dernières années.

L'opération d'intoxication de l'Allemagne impliquait un tel enjeu qu'il a paru normal que la réputation de deux officiers y soit sacrifiée. Une opération de cette nature suppose une discrétion totale. Il ne pouvait donc être question d'en informer les autorités civiles de la République. Celles-ci ne sont donc pas critiquables pour une opération de caractère strictement militaire, dont j'assume l'entière responsabilité.

Je vous prie d'agréer l'expression de mes respects.

À Paris, Le Gall poussa un cri de surprise :

— C’est inconcevable ! Lieutenant, vous tenez entre les mains de quoi détruire nos institutions. Il faut confisquer immédiatement le document que vous tenez en main.

— Je ne tiens en main qu’une copie photographique du document. L’original a été remis à la place où M. Champigny l’a découvert, pour que Mme Steinheil ne se rende pas compte de la fouille que ses affaires ont subie.

— Passez-moi Champigny !

Arsène Champigny expliqua la situation en détail. Faute de pouvoir fouiller le sac à main que Meg gardait près d’elle, y compris durant la nuit, il avait sondé le manteau de fourrure, gardé au vestiaire du château. Il y avait trouvé une enveloppe scellée par cinq cachets de cire frappés au chiffre du président. Ceux-ci avaient été proprement décollés au fer à repasser, le document photographié durant la nuit, puis replacé dans le manteau après que les cachets eurent été remis. Il était impossible de déceler l’opération. Le Gall médita quelques secondes, puis demanda à nouveau Raoul.

— Lieutenant, Mme Steinheil ne soupçonne même pas la nature du document, puisqu’elle n’a pas eu le loisir d’ouvrir l’enveloppe. Il faut récupérer celle-ci, sans qu’elle s’en rende compte, en extraire le document original et le remplacer par n’importe quel document de la main de Félix Faure que vous trouverez au château.

— Vous pouvez compter sur moi, monsieur. Ce sera fait durant la nuit prochaine.

— Non. Tout de suite. Vous n’imaginez pas ce qui se passerait si ce document venait à tomber entre les mains d’un journal mal disposé à notre égard. L’armée y avoue qu’elle méprise le pouvoir exécutif et qu'elle fait fi du droit. Elle fut odieuse, mais la République en devient ridicule.

— Très bien. Je donnerai des instructions en ce sens à Champigny et je vous tiendrai au courant.

Raoul regagna sa chambre et fit sa toilette. Le temps s'était radouci tandis que le ciel se couvrait. À sa montre, il constata qu'il n'était que midi et demi. On était le vendredi et les funérailles de Félix Faure étaient prévues pour le lundi : il faudrait amuser Meg quatre jours encore, et puis il pourrait retourner à Paris. Il avait une loge réservée à l'Opéra pour la représentation de *Tannhäuser* le mardi. Pourquoi ne pas y inviter Marguerite Steinheil ? Cette histoire de pécheur repenti s'appliquerait à leur relation. Il se sentit devenir vraiment amoureux. Il se rappela la remarque de Marcel Proust, selon laquelle nous commençons par obéir à nos sens et nous élaborons ensuite un sentiment en conformité avec ce que la littérature nous suggère.

Ce plan s'écroula dès qu'il descendit l'escalier, rasé, poudré, coiffé, sanglé dans son uniforme. Marguerite se trouvait dans le hall, encore vêtue de sa fourrure, les joues rougies par une marche en plein air. Elle embrassa Raoul avec un grand sourire.

— Mon cher ami, apprenez qu'il n'y a qu'une seule ligne de téléphone dans ce château et qu'elle est accessible depuis le cabinet du président tout comme de sa chambre à coucher. J'ai tout entendu, je me suis vêtue à la hâte et j'ai fait ce qu'il fallait pour que cette lettre soit mise en sécurité. Il ne faut donc plus la chercher dans ce château, car elle se trouve bien loin. J'ai appris ce qu'elle signifiait et que sa possession me rendait le pouvoir que j'avais perdu avec la mort de Félix. J'y veillerai comme à la prunelle de mes yeux.

Raoul demeura bouche bée. Il venait de rater sa première affaire, celle qui aurait pu lui ouvrir les portes d'une brillante carrière. S'il n'avait pas passé la nuit avec Meg, il aurait pris connaissance du document avant l'aube et pu avertir Le Gall. À vrai dire, il ne pouvait être à la fois au four et au moulin, dans le lit du président et au laboratoire photographique. Mais il avait appris à l'armée qu'un officier était tenu à l'impossible en toutes circonstances, que l'échec ne souffrait aucune excuse et que la victoire se méritait par l'imagination. Il balbutia quelques excuses que Meg écarta d'un geste méprisant de sa petite main gantée, comme s'il s'était agi d'une mouche importune.

— Mon petit Raoul, je ne vous en veux pas et je reste votre amie. Au tarif que vous me proposez, j'aurais mauvaise grâce de ne pas continuer le tri des papiers de Félix jusqu'à mardi. Et rassurez-vous ! Votre maladroite traîtrise m'attendrit. Chaque nuit, je vous donnerai de nouvelles leçons, car vous en avez terriblement besoin.

III

Les funérailles de Félix Faure faillirent très mal tourner. Son épouse et ses deux filles faisaient pitié à voir, car elles claquaient littéralement des dents dans leurs robes de deuil, prévues pour une température modérée, celle des printemps, où meurent les jeunes filles en fleur, et celle des automnes, où les vieilles gens choient en même temps que les feuilles. En été, ces dames transpiraient, en hiver, elles grelottaient. Mais, par souci d'économie, elles n'avaient point fait confectionner d'autres tenues pour l'occasion : la robe de deuil persistait toute une vie, comme un vêtement liturgique accompagnant une femme de la puberté au décès. On prévoyait beaucoup de réserve dans les coutures pour élargir en fonction de l'embonpoint.

Les trois femmes enduraient en pleine conscience ce martyre, afin que leurs mérites servent à sauver l'âme de leur époux et père, dont elles n'ignoraient guère la vie dissolue. Comme il souffrait atrocement pour l'instant dans les flammes du purgatoire, chaque indulgence conquise de haute lutte abrégerait son tourment. Toute la nuit, elles avaient prié et chanté des psaumes devant le catafalque posé dans le hall de l'Élysée, à genoux sur le carrelage glacé jusqu'à ce que leurs rotules demandent grâce. Il avait fallu que l'officier commandant la garde d'honneur assiste Mme Faure, percluse d'arthrose, qui ne parvenait plus à se relever.

À travers les voiles noirs destinés à dissimuler les pleurs que toute femme correcte épand en de telles circonstances, elles contemplaient le catafalque encadré de six torchères au gaz, installé maintenant au centre géométrique de la cour de l'Élysée, entièrement tendue de noir. Les corps constitués défilaient avec des mines de circonstance, en s'inclinant avec déférence et indifférence devant la famille Faure, qui retournerait bientôt à son anonymat ordinaire, foyer de petits artisans que seul le génie ou la chance du père avait sorti de son ancestrale obscurité.

Un gigantesque corbillard négocia une entrée précaire par l'étroite porte cochère. Il était tiré par six chevaux caparaçonnés de noir, portant un étrange plumet funèbre sur la tête, qui les faisait ressembler à des licornes. Dès que la musique de la garde républicaine eut entamé la *Marche funèbre* de Chopin, qu'elle devait répéter soixante-cinq fois dans la journée, tout le monde se mit en route, Émile Loubet en tête. Comme il n'était pas un bon marcheur, il s'était entraîné la veille en parcourant l'itinéraire : place de la Concorde, l'interminable rue de Rivoli, le pont d'Arcole, le Parvis-Notre-Dame, en tout plus de trois kilomètres à traînailler d'un pas d'enterrement dans un froid glacial qui perçait la semelle des chaussures.

Sa plus grande angoisse était de subir un malaise. Depuis 1871, aucun des présidents de la IIIe République n'avait atteint le terme d'un septennat : Mac-Mahon, Grévy et Casimir-Perier avaient démissionné, Carnot avait été assassiné et Faure venait de succomber à ses excès d'alcôve. Il ne manquerait plus que lui s'évanouisse d'inanition, au vu de tout le monde. En comparaison, les princes héritiers, soumis à un entraînement militaire dans leur jeunesse, pratiquant l'escrime et l'équitation, devenaient des rois robustes que la marche à pied n'effrayait pas, jusque dans l'extrême vieillesse. C'était l'avantage le plus visible des monarchies sur les républiques, dont les présidents avaient bedaine, pieds plats et souffle court.

Ce matin-là à sept heures, Loubet s'était obligé à absorber trois œufs sur le plat avec une grande tranche de lard. Quand le cortège arriva devant la cathédrale à midi, il avait néanmoins le ventre creux, les jambes molles et les yeux embrumés. Il serra faiblement la main de Mgr de L'Escaille, archevêque de Paris, à la mine de papier mâché, venu l'accueillir sous le porche. Le président s'efforça de garder un visage fermé, en ne répondant pas aux paroles convenues du prélat, qui fléchissait sous le poids d'une chape noire, enlaidie par des ornements argentés. Pour un franc-maçon comme Émile Loubet, subir une messe équivalait à un supplice raffiné. Il devait garder les apparences du recueillement, tout en vouant aux gémonies ces momeries datant des siècles obscurantistes. Mais, comme l'avait déjà dit Henri IV, Paris vaut bien une messe. Pas question de fâcher la droite pour le moment.

Afin de s'abstraire des chants liturgiques, en particulier le *Dies Irae* qui lui donnait la chair de poule, des nuages d'encens qui le faisaient éternuer et des aspersions d'eau bénite, dont la nature hygiénique lui paraissait douteuse, Émile Loubet s'efforça d'avoir une pensée pour son prédécesseur. Félix Faure avait été un ami parmi d'autres au sein de la grande complicité qui unit tous les hommes politiques au-delà de divergences superficielles : on ne partage pas impunément un dom-pérignon au fastueux restaurant du palais du Luxembourg sans éprouver l'un pour l'autre des sentiments de complicité béate. Autour d'une bouteille, les pires controverses s'exténuent en conversations de buvette.

Comment était-il mort ? se demandait sans cesse Émile Loubet. Les spéculations les plus insensées n'avaient cessé de fleurir depuis une semaine. Les Renseignements généraux avaient renoncé à la thèse absurde d'un décès dans un appartement de la rue de Ponthieu, suite au témoignage irrécusable du chef de cabinet Le Gall. Félix Faure était bien mort à l'Élysée, après une agonie qui avait duré quatre heures, en présence de sa femme, de ses filles, de Le Gall et d'un prêtre.

Soit. Mais de quoi était-il mort ? Certaine presse avait maintenant accrédité la thèse d'une attaque entre les bras d'une demi-mondaine, connue seulement sous l'initiale S. En enjolivant le tableau, on représentait Félix Faure à moitié dévêtu, tenant dans ses doigts crispés une touffe de cheveux de la dame, qu'il avait fallu couper aux ciseaux pour libérer celle-ci. Elle s'était enfuie en abandonnant même son corset. Le prêtre, qui venait absoudre Félix Faure, avait demandé machinalement à l'huissier, venu l'accueillir sur le perron, si le président avait gardé sa connaissance. L'autre lui avait prétendument répondu : « Non. On l'a fait sortir par la porte arrière. » Ce bon mot, fabriqué par un chansonnier, faisait déjà le tour de Paris et serait transmis aux générations à venir. Comme un vieux beau en caleçon dans un vaudeville de Feydeau, Félix Faure disparaissait au milieu d'un grand éclat de rire.

Mais ce n'était encore que de la gaudriole au regard des autres hypothèses. Pour la presse nationaliste, il n'y avait aucun doute. Puisque Félix Faure constituait le dernier rempart empêchant la révision du procès Dreyfus, « ils » l'avaient tué. La portée du « ils » était prudemment imprécise, mais tout le monde comprenait qu'il s'agissait du parti dreyfusard composé des socialistes, des radicaux, des francs-maçons, des protestants et des Juifs, bref de tous ceux qui soutenaient la République, parce qu'elle les enrichissait au détriment des vieilles familles, parce qu'ils haïssaient la véritable religion catholique, parce qu'ils étaient prêts à trahir la France au bénéfice de la haute finance cosmopolite.

Comment avait-il été tué ? Les versions abondaient. Soit par un verre de quinquina que le président se faisait servir pour ranimer sa virilité défaillante, verre dans lequel la gourgandine de service avait versé un prétendu aphrodisiaque, en fait de la strychnine ; soit par un cigare au cyanure de potassium ; soit encore par une piqûre mortelle administrée sournoisement au milieu des ébats. Bien entendu, la famille s'était opposée à une autopsie. On n'en saurait donc jamais rien. Et cela valait peut-être mieux.

Puisque Sadi Carnot avait été assassiné en public d'un coup de poignard, que trois présidents s'étaient littéralement enfuis de l'Élysée et que depuis trois décennies aucun septennat n'avait abouti à son terme, il fallait que lui-même, Émile Loubet, se garde. Il avait la ferme intention de faire réviser le procès Dreyfus et, si celui-ci n'aboutissait pas à un acquittement, de gracier l'exilé de l'île du Diable. Il avait été élu pour cela, il se faisait une certaine conception de la République, d'un État de droit, de l'exercice de la justice, de la relation entre l'armée et la nation.

Il fallait d'urgence qu'il fasse élucider ce qui s'était passé le 16 février 1899 au soir, ce qui avait mené à ce dénouement et ce qui en résulterait dans l'équilibre des pouvoirs. Discréditée de toute façon, la République devait surmonter cette flétrissure et survivre. Il faudrait qu'elle renonce à l'étalage d'une prétendue vertu civique. Ce mythe piteux la faisait apparaître comme hypocrite, lorsqu'un président se livrait à une débauche passagère sur les lieux mêmes de son travail. Les rois de France, eux, n'étaient pas tenus d'être vertueux, mais au contraire de donner de l'éclat au pouvoir, par leurs palais, leurs fêtes et aussi leurs courtisanes, emblèmes traditionnels du chef suprême. En se prenant pour Louis XIV, Félix Faure s'était tout simplement trompé de siècle. Il avait voulu jouer au Président-Soleil, alors que le seul astre de référence pour une république est la Lune, ce pâle reflet de la majesté solaire.

Très vite, les événements se chargèrent de confirmer les alarmes d'Émile Loubet et de renforcer sa résolution. Après la messe, le supplice de la marche au pas d'enterrement derrière le corbillard reprit par les quais de la rive droite, puis la Bastille, l'avenue Richard-Lenoir, le Chemin-Vert jusqu'au Père-Lachaise.

Sur la tombe ouverte, Paul Deschanel prononça un discours pompeux et interminable, bien dans la veine de ce bavard intarissable se gargarisant de ses propres périodes, dont le martèlement cachait la vacuité : « … sa noblesse était d'être resté démocrate… l'honneur de la République… il a personnifié la France… une page immortelle à notre magnifique histoire. » En l'écoutant, Loubet comprenait mieux pourquoi Deschanel n'avait obtenu que dix voix lors de l'élection à la présidence : il eût été la potiche idéale pour cette fonction, s'il avait appris au préalable à se taire.

Émile Loubet eut encore la force de se traîner jusqu'à sa calèche couverte et de se faire conduire à l'Élysée, où l'attendait un repas substantiel, qu'il anticipa en lampant discrètement une gorgée de cognac à un flacon dissimulé dans une poche de la voiture. Le trajet évita la Bastille, où était embusqué un groupe de ligueurs, menés par Maurice Barrès et Paul Déroulède, encadrant un fiacre bourré d'armes. Ils étaient tellement ostentatoires que même les Renseignements généraux, d'habitude inefficaces, avaient eu la perspicacité de les détecter et de transmettre l'information à l'escorte du président.

Les conjurés se rabattirent vers la Nation, par où retournaient les troupes qui avaient rendu les honneurs au cimetière. Elles étaient placées sous le commandement du général de Pellieux, impliqué dans l'affaire Dreyfus. Si toute la lumière était faite, il risquait à son tour la dégradation et le bagne. Mais il ne commandait pas en personne l'escadron de dragons qui remontait vers sa caserne, précédé par le général Roget. Paul Déroulède se précipita en bousculant le cordon de police, saisit le cheval aux mors et tenta d'entraîner l'officier aux cris de « À l'Élysée ! », prononcés en chœur par les ligueurs assemblés au milieu d'une foule indifférente ou hostile.

En un éclair, le général Roget évalua le rapport des forces en présence : ses dragons dont il n'était pas sûr, la foule parisienne acquise à la République, un petit groupe de bourgeois excités, la grande presse qui faisait et défaisait l'opinion, cette baderne de Pellieux, mou et inconsistant. Le plan de carrière du général Roget passait donc par la défense des institutions, même s'il les exécrait. Il écarta Déroulède d'un coup de botte et reprit le chemin de la caserne de Reuilly à la tête de son escadron. Il eut encore le temps de voir le perturbateur empoigné par un quarteron de gardiens de la paix. La République était sauvée, grâce à la conjonction de deux vicissitudes : la stupidité de ses opposants et la lâcheté de ses défenseurs.

Le 27 février à neuf heures du matin, Raoul Thibaut de Mézières, en grand uniforme, adressa au président Loubet, dans le cabinet duquel il venait d'être introduit, son plus beau salut appuyé par un regard avenant, respectueux et énergique. À une semaine de distance, les événements avaient tourné en sa faveur. Le Gall avait expliqué au nouveau président l'action menée par ce jeune sous-lieutenant, issu de Polytechnique, qui avait évité par son entregent la confusion supplémentaire qu'aurait entraînée la présence de Meg à Paris. La découverte de la lettre du général de Boisdeffre constituait une autre péripétie, digne d'intérêt pour le moins, même s'il était regrettable qu'elle n'ait pas été confisquée sur-le-champ. Raoul, ignorant le sujet de l'entretien, avait studieusement repassé ses notes en faveur de la radio, mais il n'y fut même pas fait allusion.

Émile Loubet portait bien sa soixantaine avec une courte barbe, une redingote de coupe désuète, un gros nœud noir soulignant un sourire ironique et des yeux pétillant d'intelligence. Il s'exprimait avec aisance, sans l'accent faubourien de son prédécesseur. Raoul avait affaire à un avocat, à cette noblesse de robe qui avait remplacé celle des armes. Entre notables, il devait y avoir moyen de s'entendre.

— Lieutenant, je tiens tout d'abord à vous remercier de ce que vous avez fait en des circonstances difficiles qui eussent pu tourner à la catastrophe. Votre initiative, votre discernement, votre sens du sacrifice, tout plaide en votre faveur.

— Je vous remercie, monsieur le président. Je n'ai fait que mon devoir.

— J'ai besoin de collaborateurs comme vous. Seriez-vous disposé à accepter un rattachement aux services de l'Élysée ? Sous couvert des dossiers scientifiques et techniques, pour lesquels vous êtes indubitablement qualifié, il s'agirait d'investiguer avec rigueur et discrétion toutes ces affaires qui empoisonnent l'atmosphère politique et dont vous avez découvert un échantillon. Il faut que le président de la République sache ce qui se passe, même et surtout s'il n'est pas souhaitable que tout le monde en soit informé. Par tout le monde, j'entends en premier lieu le ministère, y compris le chef du gouvernement, puis la presse, les salons, les partis, l'Église, les loges, l'Université et j'en oublie certainement. Le pouvoir a des raisons que la République n'a pas à connaître. Qu'en pensez-vous ?

— Je suis bien d'accord avec cette analyse, monsieur le président, et je suis très honoré par votre proposition.

— Très bien. Voilà une décision expédiée de grand matin. Vous dépendrez en un premier temps de Le Gall, que je conserve dans ses fonctions tout comme le ministère Dupuy. Face à toute cette agitation, il faut agir dans la continuité. Avez-vous un souhait à formuler ?

— Tout à fait, monsieur le président. Vous concevez que je n'ai aucune formation en matière de police. À Polytechnique, on nous initie à l'artillerie et au génie. Il faudrait que je me forme.

— Sage réflexion. Vous disposerez d'un adjoint à votre choix, d'un homme habitué aux filatures et aux perquisitions, quelqu'un qui ait ses entrées aussi bien quai des Orfèvres que rue des Saussaies. Avez-vous quelqu'un en vue ?

Raoul répondit sans avoir besoin de réfléchir très longtemps :

— J'ai trouvé en Arsène Champigny, qui est placé comme majordome à Rambouillet, une aide très précieuse. C'est à lui que nous devons cette copie de la lettre du général de Boisdeffre, dont j'imagine que vous avez eu connaissance. Il a réalisé un tour de force.

— Oui. C'est accordé. Engagez donc, sur les fonds secrets, ce Champigny à votre service personnel, comme s'il était votre majordome. Et puis mettez-vous au travail. Je désire un rapport exhaustif couvrant toutes les péripéties ayant entouré la mort de Félix Faure. Vous êtes habilité à interroger tous les témoins et à vous faire assister par toutes les forces de l'ordre, civiles et militaires. Un ordre de mission sera rédigé en ce sens. Sommes-nous d'accord ?

— Tout à fait, monsieur le président.

Émile Loubet consulta une liste manuscrite posée sur son sous-main :

— Voici les questions auxquelles je désire une réponse. Quelle est la cause réelle de la mort de Félix Faure ? Que s'est-il passé le 16 février entre cinq heures et demie et six heures ? Pourquoi cette dame Steinheil a-t-elle fait irruption au milieu de l'agenda bien chargé du président ? Quelles sont ses relations avec d'autres milieux politiques ? Pourquoi la lettre de Boisdeffre s'est-elle retrouvée entre les mains de cette aventurière ? Ne l'a-t-elle pas dérobé ? Pourquoi ce document a-t-il été rédigé ? Existe-t-il un complot contre les institutions ? Est-il possible de récupérer le document en l'achetant ou en le confisquant ?

— Je ferai de mon mieux, monsieur le président.

— Faites mieux encore et ce sera tout juste suffisant !

Les semaines qui suivirent furent parmi les plus chargées de la vie de Raoul. Subitement, il fut en charge d'un dossier passionnant et doté de moyens auxquels il n'avait jamais rêvé : cela valait mille fois mieux que de tendre des antennes entre la tour Eiffel et les platanes de l'avenue de Suffren. La radio française finirait bien par fonctionner, mais l'excellent capitaine Ferrié terminerait sa carrière au mieux comme général de brigade. La technique ne menait pas au pouvoir et la science en écartait résolument.

Arsène Champigny accepta volontiers de quitter Rambouillet pour devenir majordome dans le XVIe arrondissement. Félicie trouva l'appartement de la rue Georges-Ville à son goût, sa chambre et sa cuisine tout à fait modernes. Les commerces bien pourvus de la rue des Belles-Feuilles se trouvaient à deux pas, il y avait quelques amies en place dans d'excellentes maisons du quartier, le bois de Boulogne pour les promenades du dimanche après-midi en été et tous les cafés-concerts de Paris pour l'hiver.

Pourvu d'une domesticité hautement qualifiée, Raoul s'organisa petit à petit une vie confortable. Le matin, Arsène se procurait, chez *Gagé* avenue Victor-Hugo près de l'Étoile, les meilleurs croissants de Paris, c'est-à-dire du monde, que son patron dégustait en sirotant son café et en lisant la presse. Vers dix heures, Raoul se rendait à l'Élysée pour passer un temps convenable dans son bureau, certes aménagé sous les combles mais très convenablement meublé, avec en prime un petit Fragonard tout à fait charmant, qu'il avait dégoté dans les réserves du Mobilier national. Il déjeunait vers une heure en fréquentant les restaurants des environs : *Durand*, *Voisin*, *Ledoyen* ou *Laurent*. Il en avait les moyens, car son traitement avait été porté à quinze mille francs, l'équivalent de celui d'un professeur de faculté. Il se rendait à son travail en civil, costume noir, col dur, cravate grise, gilet, chapeau, comme une armure qu'il revêtait tous les matins et qui le protégeait des aléas de la vie.

L'après-midi était libre : il soignait sa forme par des parties de tennis sur les terrains du boulevard Bineau à Neuilly ou des promenades à vélo au bois de Boulogne. La fin de l'après-midi était consacrée aux visites obligées dans les salons ou bien au cercle de la rue Royale. Il dînait seul chez lui à huit heures, à moins qu'il ne soit invité chez une grande amie, sa cousine Élisabeth Greffulhe, née de Caraman-Chimay. Il ne manqua ni la première de *La Prise de Troie* de Berlioz, ni celle de *La Dame de chez Maxim* de Feydeau. Durant ses soirées de lecture, il découvrit *Le Livre de la jungle* de Kipling, *Le Rire* de Bergson et *Oncle Vania* de Tchekhov. Il remarqua les tableaux de Paul Cézanne, dont il tomba amoureux des *Pommes et oranges*, et de Claude Monet avec ses *Nymphéas*, déclinés à toutes les heures du jour.

Au premier abord, son enquête ne révéla rien de très impressionnant. Félix Faure était mort d'une rupture d'anévrisme dans le bulbe rachidien, parce que ses artères étaient endommagées par une vie frénétique, où le devoir, le travail et le plaisir s'enchaînaient sans répit. Âme angoissée, il s'attribuait tous les ratés de la politique française, l'affaire Dreyfus en premier lieu, mais aussi l'incident de Fachoda qui empoisonna les relations avec l'Angleterre, la difficile séduction de la Russie impériale, la tension perpétuelle avec l'Allemagne qui pouvait déboucher sur une guerre, les grèves dans les mines et les usines, les attentats anarchistes, la corruption des parlementaires. Pour apaiser les douleurs de son angine de poitrine, il absorbait régulièrement des pilules, qui avaient suscité la légende des aphrodisiaques. Tous ces détails, Raoul les obtint sans peine des médecins qui avaient soigné ou ausculté le président. Ses amis personnels, Louis Le Gall, Jules Siegfried, Gabriel Hanotaux confirmèrent les malaises récurrents, dont Félix Faure était coutumier lors de réceptions ou de dîners. La mort du président n'avait rien d'étonnant. Elle évoquait une de ces gravures grisâtres qui ne suscitent qu'un ennui distingué parce qu'elles représentent un événement banal en fin de compte.

En revanche, le tableau prit tout de suite des couleurs lorsque Raoul s'avisa d'interroger Meg au début de mars. Au téléphone, elle fut très aimable et entreprenante. Ils s'étaient en effet quittés dans les meilleurs termes le 24 février au soir, après que les funérailles eurent déblayé le terrain parisien et que les fonds remis par Le Gall furent épuisés. La berline présidentielle les avait ramenés d'abord impasse Ronsin, où Raoul avait pris congé de la belle, en baisant respectueusement la main qui lui avait prodigué d'aussi expertes caresses. Comme le cocher n'avait pas hésité un instant sur l'itinéraire à suivre, Raoul en déduisit qu'il avait accompli maintes fois ce trajet pour ramener Meg depuis Rambouillet, où elle avait passé quelque temps avec Félix Faure. Les chevaux eux-mêmes semblaient connaître chaque tournant.

Intarissable au téléphone, Meg lui apprit qu'elle avait fait le meilleur usage des fonds accordés par Le

Gall, en versant tout de suite un acompte pour louer une petite maison, appelée le Vert-Logis, sise à Meudon. Le bail avait été rédigé au nom de la meilleure amie de Marguerite et le loyer serait payé dans la suite par un certain M. Chouanard, nouvel amant en titre qui ne requérait d'attention qu'une fois par mois, compte tenu de son âge, de l'état de ses artères et de l'éloignement de son château sis dans l'Est.

— Vous comprenez, lieutenant, que la fréquentation trop régulière des hôtels, même place Vendôme, aurait fini par détruire ma réputation. Il fallait que je trouve un endroit plus discret. Je vous propose d'étrenner ce refuge. Je suis très sensible aux premiers souvenirs qui s'attachent à un lieu. J'apprécie tellement votre courtoisie, votre culture et même votre inexpérience. Vous faites un cavalier idéal, juvénile et prometteur.

Raoul prit le train à la gare Montparnasse. Après trois quarts d'heures de trajet, il se retrouva dans les bras de Meg, venue l'attendre sur le quai de la gare de Meudon comme une petite amoureuse. Sans prendre garde aux témoins, elle lui donna un long baiser à bouche que veux-tu et murmura à son oreille : « Bienvenue à Bellevue, mon cœur ! »

Cette attention le tétanisa. Il réalisa qu'il était devenu sérieusement amoureux et que son sentiment avait cristallisé. Cela ne convenait ni à sa naissance ni à sa fonction, même si cela pouvait servir à titre provisoire en conférant une certaine sincérité à leurs rapports. Il faudrait qu'il se tienne sur ses gardes, comme un dompteur dans la cage d'une tigresse séduisante. Mais, en tenant le corps à la fois souple et corseté de Meg dans une étreinte qui n'en finissait pas, il ne sentit que trop qu'il perdait tout contrôle de lui-même.

Il passa ainsi trois jours au Vert-Logis, renouvelant les délices de son séjour à Rambouillet, mais avec moins de cérémonial. Une femme du village venait faire le ménage, cuisinait maladroitement et nettoyait avec nonchalance. Marguerite se racontait dans les intervalles des étreintes. Elle était née dans la famille Japy à Beaucourt, près de Belfort, un village sinistre de l'Est, glacé et humide, avec un ciel bas et un soleil rare. Durant toute son enfance, elle avait eu froid, car son père, petit propriétaire terrien, était ladre et sa mère, fille d'aubergiste, économisait sur le chauffage. Comme l'eau gelait dans les brocs, le bassin, dans lequel elle se lavait au petit matin, ressemblait à une banquise. Et donc, dans la famille Japy on ne se lavait guère, sinon le bout du nez. Cela sentait le lion dans le salon.

Puisqu'elle faisait partie de la petite bourgeoisie protestante du lieu, il n'était pas question qu'elle fréquente l'école publique et encore moins l'école catholique. Une préceptrice lui enseigna à lire et à écrire, à coudre et à cuisiner, à jouer du piano et à faire de l'aquarelle. Comme toutes les filles, en compagnie de ses deux sœurs, elle subit une éducation destinée à conserver son intelligence en friche.

— Tout ce qu'il y avait de bête nous était réservé : les mélodies niaises, les pièces stupides, les conversations plates, les vêtements hideux. Tout ce qui aurait pu mettre la beauté en évidence, les bijoux, les fards et les parfums, était interdit. Nous rencontrions des jeunes gens laids et ahuris qui ne savaient pas danser. Ils nous écrasaient les pieds, ils froissaient nos robes et nous soufflaient une haleine puante. Les beaux partis ne faisaient qu'une brève apparition dans les bals, par acquit de conscience, pour vérifier que nous n'étions pas mariables, faute de dot. Plus tard, c'étaient les mêmes qui partaient en voyage de noces à Nice ou à Venise, avec leur maîtresse dans le même train, sans que leur naïve épousée se doute de rien.

Pour fuir cet étouffoir, à dix-huit ans elle tomba amoureuse d'un lieutenant, Julien Scheffer, ami de son frère. Comme ce prétendant n'avait pas de fortune, son père s'opposa au mariage et exila sa fille à Bayonne chez une tante. Trois ans plus tard, son père eut l'esprit de mourir, en la délivrant de l'obligation de se marier en fonction du revenu de son conjoint. Elle rencontra alors et épousa Adolphe Steinheil, qui avait quarante-deux ans et qui eût pu être son père. Après la naissance de leur fille Marthe, le mariage se réduisit à une cohabitation forcée. La dot de Meg avait été dilapidée par le train de vie du salon qu'elle avait créé impasse Ronsin. Heureusement, en 1897, elle rencontra Félix Faure.

— À l'époque, mon amant en titre était un juge d'instruction, qui accomplissait sa période militaire au col de la Vanoise au milieu des troupes en manœuvre. Lors d'un dîner, j'ai été présentée à Félix, car il n'y avait pas tellement de dames convenables dans cet endroit perdu. Quoique le juge ait été nettement plus satisfaisant comme partenaire, je décidai que le président aurait la priorité. Le juge, qui nourrissait un vif souci pour sa carrière, le comprit aussitôt et m'y encouragea. Je n'eus pas à le regretter. Félix commanda, aux frais de l'Élysée, un gigantesque tableau à mon mari. Au fond, il était très près de ses sous, comme tous ceux qui ont dû gagner durement leur vie, mais il était prodigue des finances de l'État.

« En 1898, j'eus l'honneur de servir de guide à Félix, venu inaugurer le Salon de Paris, où figurait précisément cette croûte d'Adolphe, intitulée *Le président Faure décore les officiers de l'armée des Alpes sur le front des troupes*. J'ai réussi à ne pas éclater de rire en entendant Félix vanter les mérites de cette peinture, où il n'était pas loin de prendre la pose d'Hannibal traversant les Alpes. Il ne manquait que les éléphants. Mais cette inauguration constitua un moment décisif. Tout Paris apprit que j'étais la favorite en titre, même si Félix entretenait par ailleurs des passades avec d'autres femmes.

« Du coup, mon salon de l'impasse Ronsin ne désemplit plus : le Tout-Paris y défila, Émile Zola, Anatole France, François Coppée, José Maria de Heredia et les commandes suivirent. Le président lui-même y accompagna le prince de Galles, Édouard, chaque fois que celui-ci faisait un séjour à Paris, officiellement ou même très souvent incognito, le roi Léopold de Belgique et une kyrielle de grands-ducs de tous les Balkans.

« Je n'ai jamais prétendu au statut de la princesse Mathilde, de la comtesse Greffulhe ou d'Anna de Noailles. Faute de moyens, j'essayais de créer une ambiance bon enfant, de la bonne humeur, de l'improvisation. À minuit, quand la cuisinière était en congé, le roi Léopold cuisinait lui-même une vaste omelette. Le prince de Galles s'en régalait. On jouait au whist jusqu'à trois heures du matin. Adolphe allait se coucher et je raccompagnais un roi ou un prince au *Scribe* ou au *Carlton*. Tante Lily s'était soudain sentie mal au milieu de la nuit et il fallait que je l'entoure, eu égard au testament.

« Depuis deux ans, ce salon a été ma principale ressource. En perdant Félix, je perds presque tout. Toutes ces gazettes, qui m'accusent de l'avoir tué en l'empoisonnant par des pilules ou en l'épuisant par des caresses perverses, se trompent.

Raoul jugea le moment opportun :

— Que s'est-il passé pendant la demi-heure que vous avez passée avec le président dans le bureau de son secrétaire privé ? Et pourquoi dans ce bureau précisément ?

— Tout simplement parce qu'il s'y trouve un coffre, dissimulé derrière un tableau, dans lequel les présidents successifs placent les documents secrets. Et il ne s'est rien passé que je ne puisse raconter à ma propre fille. Félix était obsédé par le souci de corriger par ses Mémoires l'image détestable que la presse donnait de lui. En particulier, il ne voulait pas passer pour le président qui aurait cautionné la condamnation injuste du capitaine Dreyfus. S'il n'agissait pas, c'est parce qu'il respectait trop la séparation des pouvoirs. Le document qu'il m'a remis, qu'il tenait à me remettre en pressentant sa mort proche, devait l'innocenter de tout soupçon et rejeter la faute sur l'armée.

— À Rambouillet, vous m'avez dit que vous ignoriez de quoi il s'agissait.

— À Rambouillet, vous l'ignoriez encore et je n'allais pas vous fournir gratuitement l'information qui vous manquait. Il est temps d'apprendre, mon petit lieutenant, que, dans le monde où vous entrez, toute information possède une valeur et ne se concède qu'en échange d'une autre faveur.

— Mais que s'est-il passé pendant cette demi-heure ? Il ne faut qu'une minute pour transmettre une enveloppe.

— Félix se sentait mal depuis le matin. Il avait renoncé à sa promenade à cheval durant laquelle nous avions coutume de nous rencontrer. Il avait peur de mourir et m'en a parlé. J'étais sa seule amie. Il avait besoin de se confier. La légende répandue par les journaux selon laquelle il aurait eu une attaque parce qu'il faisait l'amour avec moi est absurde, compte tenu du lieu, un bureau dans lequel pouvait pénétrer n'importe qui à n'importe quel moment.

— Mais, selon ce que j'ai appris d'un des huissiers, le président s'est tout de même fait servir un verre de quinquina, comme toutes les autres fois où vous êtes venue. C'était un rite qui ne se renouvelait pour aucun autre visiteur.

Meg tenta de dissimuler un bref mouvement de désarroi, qui n'échappa néanmoins pas à Raoul.

— Il se sentait mal. C'est un réflexe de boire un peu d'alcool dans cette situation.

— Il n'a rien absorbé d'autre ?

— Si, une de ces pilules prescrites pour ses malaises cardiaques qu'il puisait dans une petite bonbonnière conservée dans son gousset. Mais vous me faites subir un interrogatoire en règle, ma parole ? Que cherchez-vous à savoir et pourquoi ? Vous ne me soupçonnez tout de même pas, comme tous ces journalistes, d'avoir empoisonné ou épuisé le président ? Je tenais à lui, comme à un grand ami, un protecteur indispensable. En le perdant, je perds tout. Je ne pouvais être animée que par un seul désir : qu'il vive et qu'il continue à m'aimer.

La réflexion était à ce point pertinente que Raoul ne sut que répondre. Meg s'excitait :

— Vous ne pouvez imaginer quel est mon sort. Toute seule, je suis obligée de subvenir aux besoins d'un ménage. Il suffirait que je suspende mes efforts pour que la ruine survienne. Adolphe irait dans un asile de vieillards. Ma fille travaillerait comme vendeuse ou pire. Et moi ? Sans salon, sans protecteur, avec un M. Chouanard, qui prétend à mes faveurs pour le seul prix d'une location ?

Elle le saisit par la main et le regarda droit dans les yeux :

— Avant 1897, avant Félix Faure, savez-vous comment je trouvais des clients ? Sur la voie publique, dans un quartier chic, bien entendu, près de l'Opéra ou de la place Vendôme. Je repérais un homme bien habillé, pas trop jeune ni trop vieux, en train de flâner, venant vers moi. Je le regardais fixement à trois ou quatre mètres de distance, puis je simulais un évanouissement. Une fois sur deux, cela marchait. Il me raccompagnait en fiacre impasse Ronsin. Il visitait l'atelier d'Adolphe. En le raccompagnant sur le seuil, je trouvais moyen de le frôler d'une façon particulière que je laisse à votre imagination. J'insistais pour qu'il vienne dîner.

« Il finissait par acheter une toile, après un passage dans un des hôtels dont je vous ai parlé. Tout cela porte un nom, mon petit lieutenant, un vilain nom. Mais s'il faut se livrer à ce genre de trafic, je le recommencerai. Ce n'est pas que cela m'amuse, bien au contraire. Mais je n'ai rien d'autre à vendre que moi-même pour liquider les tableaux d'Adolphe. Je ne sais rien faire d'autre que de jouer du piano, de cacher un sourire aguichant derrière un éventail et d'abandonner ce corps à des étreintes maladroites. Mais j'ai horreur de la pauvreté, de la condition de toutes ces ouvrières qui vendent pour un sou leur santé, leurs yeux, leur joie de vivre en travaillant douze heures par jour dans des ateliers malsains. Vous m'imaginez en repasseuse ou en couturière ? Une fois que l'on est tombé à Paris, on ne se relève plus. Saviez-vous cela ? Pouvez-vous imaginer ce que cela représente ?

Un bref instant, Raoul eut envie de proposer une éventuelle aide financière, à titre personnel. Comme l'entretien de son château de Fresnois lui causait bien du souci, il refréna ce mouvement de générosité. Si Meg était vraiment dans le besoin, il pourrait peut-être racheter la lettre du général de Boisdeffre, aux frais de la République, pour un montant raisonnable. D'ailleurs, pourquoi l'avait-elle si volontiers invité au Vert-Logis, sinon pour garder un fragile contact avec l'Élysée, qu'elle considérait toujours comme une source éventuelle de financement ? Faute de Félix, elle se cramponnait à Raoul.

Le plus difficile de la mission ultérieure de Raoul fut de percer le secret de cette lettre du général de Boisdeffre, qui avait déclenché la visite de Meg à l'Élysée et la mort de Félix Faure, que ce soit par une surtension d'origine érotique, par la charge d'une affaire politique insupportable ou encore par la superposition des deux.

Bien entendu, le général chef d'état-major refusa de recevoir le lieutenant Raoul Thibaut de Mézières, qui dut se rabattre sur plusieurs officiers de rang subalterne, davantage ouverts aux confidences, impressionnés par le document de l'Élysée justifiant sa démarche, soucieux de libérer leur conscience. Mais en fin de compte ils furent de peu de secours, car chacun ne possédait qu'un morceau de vérité. C'était même le plus étonnant dans l'affaire Dreyfus, dont Raoul reconstituait patiemment le puzzle. Personne ne s'était occupé d'en comprendre tous les tenants et aboutissants, parce que chacun tenait à conserver intacts les préjugés et les demi-vérités qui lui permettaient de vivre avec une bonne conscience.

Au printemps 1899, il ne faisait plus de doute pour aucun officier, sauf quelques traîne-sabre ahuris, grenouilles de bénitier, royalistes attardés, que le polytechnicien Alfred Dreyfus, tout à fait innocent, avait servi de bouc émissaire. Il était devenu évident que le bordereau, subtilisé par une femme de ménage alsacienne à l'ambassade d'Allemagne en 1894, était bien de la main du commandant Ferdinand Esterházy. Le 10 janvier 1898, un conseil de guerre à huis clos acquittait Esterházy. Le 12 août, la chambre de mise en accusation lui accordait à nouveau un non-lieu. L'auteur du faux supplémentaire destiné à conforter l'accusation contre Dreyfus, le lieutenant-colonel Henry, s'était suicidé le 30 août 1898, ce qui constituait l'aveu le plus explicite d'une machination. Le 4 septembre, Esterházy s'enfuyait en Angleterre. On savait donc, depuis près d'une année, que le condamné relégué à l'île du Diable était victime d'un complot des services secrets. Mais on se gardait d'en déduire qu'il fallait recommencer le procès ou du moins ramener le condamné en France.

Raoul progressa dans sa compréhension de l'affaire durant cet été lorsque, le 18 juillet 1899, Esterházy fit publier une lettre dans *Le Matin*. Il y avouait finalement être l'auteur du célèbre bordereau, mais ne l'avoir écrit et transmis à l'ambassade d'Allemagne que sur l'ordre de ses chefs pour étayer la culpabilité de Dreyfus, au sujet duquel l'état-major avait des soupçons, mais aucune certitude.

Mis à la réforme en août 1898, démuni de ressources, Ferdinand Esterházy vivait grâce à des expédients, dont l'origine révélerait sans doute le fin fond de l'affaire. D'une part, il ne présentait plus aucun intérêt pour les Allemands puisqu'il était brûlé en France, d'autre part, il n'avait aucun talent, sinon ceux de jouer aux cartes, de se battre en duel, de s'enivrer au champagne et de se faire entretenir par des prostituées de bas étage. Peut-être utilisait-il ce dernier moyen pour se conformer à sa vocation de souteneur et d'indicateur. Son lointain ancêtre le prince Miklós Jozsef avait engagé Joseph Haydn comme maître de chapelle durant trente années, tandis que lui se contentait des rengaines de beuglants. Cette image pittoresque fit sourire intérieurement Raoul : les familles nobles de l'Europe centrale n'avaient pas trop bonne réputation parmi la France titrée.

L'aveu d'Esterházy fut la clé de l'énigme pour Raoul. La lettre de Boisdeffre était authentique, mais elle ne coïncidait pas avec les aveux partiels d'Esterházy. Il ne s'agissait pas seulement de se débarrasser de l'officier juif Dreyfus, vaguement soupçonné pour ses origines alsaciennes et sa confession juive. Il s'agissait surtout d'intoxiquer les Allemands à n'importe quel prix. Dreyfus était au bagne et Esterházy en exil, tous les deux en service commandé d'une certaine façon, pour conforter un secret d'État. Mais lequel ? Qu'est-ce qui justifiait ce complot rocambolesque, dont l'affaire Steinheil ne constituait qu'une des lointaines conséquences ? Quelle était l'affaire d'État qui pesait tellement lourd ?

Le capitaine Ferrié répondit à cette question sous couvert du secret le plus strict. Comme technicien, il était au courant de toutes les recherches en matière d'armement. Le grand espoir de l'armée française était le canon de 75, léger, rapide, précis. Développé à partir de 1897 dans le plus grand secret, il permettait de tirer dix-huit coups par minute avec une portée allant jusque six kilomètres. La hantise de l'état-major était de garder cette arme confidentielle jusqu'à la prochaine guerre avec les Allemands, qui était sinon inéluctable, du moins plus que probable. Il fallait venger la défaite de

1870, qui avait déconsidéré l'armée aux yeux de la nation, il fallait compenser le déficit des naissances françaises face à l'expansion de la population allemande, il fallait que l'intelligence supplée à la fécondité.

Depuis le milieu du XIXe siècle, les boulets de fonte encore utilisés par l'artillerie des guerres napoléoniennes avaient été remplacés par des obus contenant un explosif. Sous l'impact, l'obus explosait et dispersait des éclats qui massacraient un large corps de troupe plutôt que les deux ou trois malheureux placés auparavant sur la trajectoire d'un projectile inerte. Le grand problème consistait à empêcher que l'obus n'éclate durant sa trajectoire dans le canon. On avait commencé par le bourrer de poudre noire, sensible seulement à la température : l'obus avait le temps de sortir de la gueule du canon avant que la température de l'enveloppe croisse trop, mais la faible force explosive de la poudre noire n'en faisait pas l'explosif idéal… L'invention de la dynamite ne résolut pas davantage le problème, car elle présentait une fâcheuse tendance à exploser lors du tir, en massacrant de ce fait des artilleurs, personnages intelligents et donc circonspects, très sensibles à leur propre sécurité.

La découverte de la mélinite par l'ingénieur militaire Turpin fut la clé du problème. Ce produit chimique constituait un explosif parfaitement stable, que les artilleurs pouvaient manipuler sans aucun danger pour eux, tout en causant le maximum de dégâts en face. Turpin avait résolu le problème d'arroser l'ennemi de grandes quantités d'explosifs propulsés par des obus, vomis sans répit par la bouche du 75 à la vitesse d'un kilomètre par seconde.

Mais cette énergie cinétique avait une contrepartie. Par suite des lois intangibles de la mécanique, toute action suscite une réaction, c'est-à-dire le recul du canon, d'autant plus important que celui-ci est léger, condition indispensable pour être utilisé en campagne. Il fallait donc que les servants de la pièce remettent celle-ci en position après chaque coup. Durant des manœuvres en temps de paix, cela se faisait à peu près correctement, mais avec beaucoup trop de lenteur. Dans l'excitation d'une bataille, cela devenait n'importe quoi. Ainsi, le recul de la pièce empêchait un tir à la fois rapide et précis.

La technique standard consistait à interposer entre le canon et l'affût un système de ressorts, assez imparfait. Ce fut le colonel Deport qui imagina un frein hydraulique absorbant le recul du canon avec une telle efficacité que l'affût demeurait rigoureusement en place. On pouvait insérer un nouvel obus dans la culasse et répéter le tir en toute quiétude. Dès lors, le développement du canon de 75 constituait une telle avancée qu'il fallait à tout prix que le secret soit préservé. L'Allemagne ne devait même pas se douter de l'existence d'une arme aussi puissante, qu'elle n'aurait eu aucune peine à copier, si elle en avait appris ou deviné le principe.

Le premier, Félix Faure avait réalisé que la nécessaire discrétion serait jetée aux orties, si le financement du 75 était discuté au Parlement, même à mots couverts. Il fallait que le crédit nécessaire soit dissimulé sous un autre poste, correspondant à une dépense qui ne serait jamais effectuée, et donc violer les règles sacro-saintes de la transparence budgétaire. Un président juriste ne s'y serait jamais résolu. Comme Faure était un marchand, il savait par expérience que tout commerce est parfois réduit à des entorses comptables pour sauvegarder l'entreprise. Il n'hésita donc point et convoqua à l'Élysée la commission des Voies et Moyens, pour annoncer sous le sceau du secret le plus absolu le tour de passe-passe imaginé : le projet de loi de finances du 21 décembre 1897 autorisait l'ouverture d'un compte alimenté par la vente future de terrains militaires. Ce compte devait servir à financer la construction d'une nouvelle enceinte de Paris, dont on n'avait nul besoin et qui ne fut jamais réalisée. Sous couvert de cette entorse budgétaire, le développement du 75 se poursuivit à l'atelier d'artillerie de Puteaux.

À partir de cette connaissance du dossier technique, Raoul découvrit petit à petit deux couches d'intoxication, l'une à usage externe vers l'Allemagne, l'autre à usage interne vers les autorités françaises. La plus évidente, celle du Service de renseignements de l'armée, destinée à leurrer l'espionnage allemand, consistait à faire rédiger à Esterházy le célèbre bordereau, en y décrivant le canon de 120, toujours doté d'un archaïque système de frein à petite course. Afin d'accréditer ce faux renseignement, il était utile qu'il soit sanctionné par la condamnation du faux coupable Dreyfus, afin de préserver le véritable agent double Esterházy.

Ainsi préservé par la condamnation de Dreyfus, Esterházy continua à fournir de faux documents, qui acquirent dès lors une valeur inestimable aux yeux de l'état-major allemand. Le procès Dreyfus n'avait pour objectif que de démontrer spectaculairement à l'Allemagne qu'elle avait pénétré le secret le mieux gardé de l'état-major français. Bien entendu, pour qu'ils jouent correctement leurs rôles respectifs, ni Esterházy ni Dreyfus ne devaient être conscients de la manœuvre où ils servaient de pions. Il fallait simplement éviter que Dreyfus soit fusillé, ce qui aurait normalement dû se passer, et que l'injustice dont il était victime soit réversible. De son côté, l'état-major allemand n'imagina pas un instant que l'armée française puisse envoyer au bagne un officier innocent, dans le seul but de manipuler l'adversaire.

La première victime de l'intoxication interne fut l'état-major général, parce qu'il constituait une véritable passoire par le nombre des officiers qui y transitaient. Il fut donc soigneusement tenu dans l'ignorance de la manœuvre du Service de renseignements. En revanche, l'état-major était obsédé par la crainte de fuites portant sur le canon de 75, et donc porté à réagir de façon inconsidérée face à tout soupçon. Parmi les officiers considérés comme peu sûrs, Alfred Dreyfus figurait au premier rang. Juif et alsacien, il rendait de fréquentes visites à son père demeuré en Alsace occupée. Disposant de la fortune considérable de sa femme, il suscitait la jalousie de ses frères d'armes. Comme il n'était ni catholique ni nationaliste, il faisait partie de cette frange d'officiers ralliés à la République. Il avait donc servi d'exemple. Le dossier étriqué fourni par le Service de renseignements suffit à persuader un général de Boisdeffre, convaincu à l'avance.

Lorsque Henry se fut suicidé le 31 août 1898, il ne restait plus à Boisdeffre d'autre ressource que d'avouer, en tête-à-tête avec Félix Faure, le double complot : le chef d'état-major avait été manœuvré dans un premier temps par son propre Service de renseignements et il avait à son tour manipulé le gouvernement. Raoul pouvait facilement imaginer la fureur du président découvrant ce double outrage. Toute sa vie passée au service de la République se trouvait compromise par des manœuvres subalternes. Le risque d'être accusé, lui-même, de malversations financières pour des entorses budgétaires risquait de ruiner l'opération du 75. En conséquence, il avait exigé les aveux par écrit du général de Boisdeffre, afin de laver à l'avance sa mémoire de cette infamie. Au dernier moment, il n'avait eu confiance qu'en Meg pour garder un secret qui la rendait maîtresse de la République, aussi longtemps qu'elle ne le révélerait pas.

Pour débrouiller cet écheveau d'intrigues enlacées et pour étayer cet échafaudage intellectuel, Raoul se rendit à Londres. Il y rencontra Esterházy, qui portait beau et semblait jouir d'une certaine aisance. L'intéressé refusa de répondre à quelque question que ce soit, sinon pour confirmer qu'il avait bien agi sur l'ordre de ses supérieurs. Il ajouta que, lors de la condamnation de Dreyfus à sa place en 1894, il n'avait pas éprouvé le moindre remords. Dans la patrie d'origine de sa famille, la Hongrie, les Juifs remplissaient traditionnellement le métier de banquier durant la paix et d'espion prétendu pendant les guerres. On en fusillait quelques-uns choisis au hasard pour l'exemple. Avaient-ils, eux, hésité à crucifier le Christ ? Ils étaient payés, avec un certain retard, de la monnaie de leur pièce. Justice était rendue collectivement. Raoul ne retint de cet entretien louche qu'une conviction : Esterházy continuait à bénéficier de subsides de l'armée française pour qu'il demeure discret. Après tout, s'il avait vraiment été un espion à la solde de l'Allemagne, c'est dans ce pays qu'il se serait réfugié et non en Angleterre, qui devenait l'alliée de la France et aurait pu l'extrader.

Si ses relations avec Esterházy furent dénuées d'aménité, en revanche Raoul trouva un accueil chaleureux de la part d'Édouard, prince de Galles, qu'il avait rencontré à deux reprises dans le salon de Meg. À près de soixante ans, l'héritier du trône britannique se morfondait, car il était tenu à l'écart des affaires par sa mère Victoria, qui était à la fois autoritaire, bornée et prude, défauts qui s'engendrent mutuellement. Elle n'avait jamais supporté la vie dissolue d'Édouard. Celui-ci avait été obligé de témoigner en personne devant les tribunaux, lors de procès de divorce pour adultère ou d'affaires de tricherie au jeu. Il n'était pas impossible que l'auguste témoin soit le véritable accusé, tandis qu'un de ses amis acceptait de se trouver dans le box à sa place pour couvrir la Couronne.

Faute de responsabilités politiques, Édouard parcourait toute l'Europe pendant des voyages interminables à prétention diplomatique, dont le véritable but était invariablement Paris. À force de fréquenter tous les milieux de la capitale, il maniait d'ailleurs un français surprenant dans la bouche d'un Anglais. À Londres, il emmena Raoul aux courses, au théâtre et au concert, dans les clubs les plus fermés, tout en regrettant piteusement de ne pouvoir lui proposer ces divertissements moins nobles qui sont néanmoins indispensables à la santé physique et mentale de gentilshommes. À Londres, il n'y avait que de véritables prostituées, tout à fait infréquentables, car elles étaient vérolées, vulgaires et voyantes, tandis que Paris présentait l'inestimable ressource des cocottes, saines, distinguées et discrètes.

Raoul rédigea son rapport final en septembre 1899. Il avait eu l'occasion d'interroger tous les témoins possibles, huissiers, fonctionnaires, médecins. Dans son bureau soupenté de l'Élysée, il déchira de multiples brouillons. Émile Loubet exigeait une seule page manuscrite, dont il ferait ensuite ce qu'il voudrait. Il n'avait même pas caché à Raoul que ce document serait éventuellement détruit.

Le président Félix Faure est mort le 16 février à l'Élysée d'une rupture d'anévrisme, qui s'est sans doute produite à six heures du soir, alors qu'il s'entretenait dans le bureau de M. Blondel, son secrétaire particulier, avec Mme Marguerite Steinheil, à laquelle il venait de remettre un pli entreposé dans le coffre de ce bureau. Les suppositions avancées par la presse sur la mort de Félix Faure du fait d'une relation physique avec Mme Steinheil sont démenties par le lieu exact de l'accident de santé. Selon l'huissier en fonction dans l'antichambre précédant ce bureau, personne n'est entré dans celui-ci, sinon le président et Mme Steinheil.

Nous avons eu connaissance du contenu de ce document, signé par le général de Boisdeffre, qui établit la nature exacte des fuites provenant de l'état-major général et destinées à l'ambassade d'Allemagne. Il s'agit d'une opération montée par le contre-espionnage français pour couvrir le projet de développement du canon de 75. La nature spéciale de cette opération exigeait un secret absolu, même à l'égard des deux principaux intéressés : d'une part, le commandant Esterházy, véritable auteur du bordereau rédigé d'entente avec ses chefs et subtilisé ensuite dans l'ambassade d'Allemagne par un de nos agents ; d'autre part, le capitaine Dreyfus, faussement accusé et condamné pour valider la teneur du bordereau. Celui-ci contenait uniquement des informations sur le canon de 120, de façon à laisser croire à l'espionnage allemand que ce dernier constituait l'objet du développement principal de l'artillerie française.

De son côté le président Faure avait imaginé la manipulation budgétaire destinée à financer le développement secret du canon de 75, sans permettre à un observateur étranger d'en soupçonner l'importance. Le suicide du colonel Henry et la fuite du commandant Esterházy ont ouvert les yeux du président tout comme ceux de l'opinion publique. Irrité par cette découverte tardive d'un déni grave de justice et par l'action secrète de l'armée, il a convoqué le général de Boisdeffre pour en obtenir une lettre établissant l'ignorance dans laquelle le pouvoir civil avait été tenu par l'armée. Il n'y a donc pas eu de complot d'ordre proprement politique, mais des initiatives malheureuses provenant d'officiers agissant en ordre dispersé.

Le document précité est toujours en possession de Mme Steinheil, qui s'abstiendra sans aucun doute de le publier aussi longtemps qu'elle pourra l'utiliser comme moyen de chantage à l'égard de l'Élysée. Sa publication éventuelle susciterait une crise politique majeure, car la relation de confiance entre l'armée et la République serait irrémédiablement compromise. Il semble opportun d'utiliser tous les moyens pour récupérer ce document, soit par une négociation financière, soit par des visites domiciliaires discrètes. Entre-temps, il est indispensable que l'Élysée continue de soutenir discrètement l'activité du peintre Adolphe Steinheil par quelques commandes officielles.

Lorsqu'il eut terminé la lecture du document, en présence de Raoul convoqué pour l'occasion, Émile Loubet retira le pince-nez corrigeant sa presbytie et l'essuya longuement avec un mouchoir tiré de sa manche. C'était son habitude quand il réfléchissait : il clarifiait sa pensée en améliorant la transparence de son binocle. Enfin, il résuma la situation :

— Monsieur Thibaut de Mézières, je vous félicite. Sur base de ce rapport, il ne me reste plus qu'à faire revenir le capitaine Dreyfus de la Guyane et à le réhabiliter, par un nouveau procès ou par une grâce. Votre tâche est de découvrir la cachette de la lettre de Boisdeffre. Avez-vous songé aux moyens à mettre en œuvre ?

— Une perquisition judiciaire est exclue, car nous n'avons aucune raison officielle de porter plainte contre Mme Steinheil. Cela réveillerait des soupçons, des rumeurs et des ragots. D'ailleurs, si nous ne trouvons pas tout de suite le document dans un de ses domiciles à Paris ou à Meudon, s'il est caché ailleurs, confié par exemple à une amie ou placé dans un coffre de banque, Mme Steinheil s'affolera, le rendra public ou le vendra à une ambassade étrangère. En revanche, mon adjoint, Arsène Champigny, a déjà effectué des visites très discrètes aussi bien impasse Ronsin qu'au Vert-Logis, en profitant du fait que la famille Steinheil se déplace entre ces deux domiciles. Mais il n'a jamais rien trouvé. Nous avons aussi réussi à ouvrir le coffre de la famille Steinheil au Crédit lyonnais. Mais il ne s'y trouve rien.

— Continuez. Mais si ce Champigny est pris, on ne s'en prendra qu'à lui. Prévenez-le !

Arsène, prévenu, ne faiblit point. Il s'en expliqua par une formule brève à son chef, qui décela, mais trop tard, le seul vice de son adjoint, un goût invétéré du contrepet :

— Nous sommes faits pour nous entendre, patron ! Il y a si peu de différence entre un matheux confiant et un maffieux content.

Raoul eut la faiblesse de sourire à cette toute première plaisanterie. Encouragé par cette complaisance, Arsène se perfectionna et devint un véritable champion de ce sport si typiquement français. Tant et si bien que sa réputation se répandit dans les milieux du journalisme, cet art de jouer avec les mots pour donner de la valeur à des idées éculées et des nouvelles fanées. Il devint ainsi le collaborateur du *Canard enchaîné* dès sa création en 1915, dont les titres les plus retentissants furent imaginés par lui. Son métier avoué consistait à couvrir les fautes de la République et son passe-temps secret à la ridiculiser. Cela faisait une moyenne supportable.

Par la suite, en repensant à cette première contrepèterie, fondatrice de leur équipe, Raoul eut souvent l'occasion de se demander si la carrière antérieure d'Arsène avait été aussi transparente que ses états de service le laissaient croire. En dehors de ses années comme sous-officier de la coloniale et comme inspecteur quai des Orfèvres, n'avait-il pas été de l'autre bord ? Il ouvrait toutes les portes fermées à clé ainsi que les coffres-forts et copiait les documents secrets, sans laisser de trace et sans se faire prendre. Il était ses yeux et ses oreilles, Fantômas ou Arsène Lupin.

Ils travaillèrent ainsi de concert pour résoudre de multiples énigmes, en croyant que l'affaire Steinheil était définitivement close par un non-lieu évident : Meg n'était pour rien dans la mort prématurée de Félix Faure, victime cachée de l'affaire Dreyfus. Mais le dossier Steinheil avait été refermé trop tôt. Au bout de huit années, il surgit à nouveau dans l'actualité.

IV

Le dimanche 31 mai 1908 à une heure du matin, Raoul fut tiré de son sommeil par une sonnerie impérieuse qui ne provenait pas selon l'habitude de son réveille-matin, mais de façon tout à fait indécente du téléphone posé sur sa table de nuit. Il récupéra sa lucidité d'un seul coup, comme s'il avait su d'instinct qu'elle devait être grave l'affaire qui lui valait un tel éveil. Il reconnut à peine la voix de Marguerite Steinheil, tant celle-ci était altérée. Enjouée, distinguée, douce à l'habitude, elle était devenue rauque, vulgaire et heurtée.

— Raoul, il faut que vous veniez tout de suite impasse Ronsin. Un grand malheur est arrivé. Le prince de Galles a commis un crime.

— Ce n'est pas possible !

— Si.

Dans son cerveau embrumé, Raoul tria ses informations sur les visites princières en cours à Paris.

— Meg, le prince de Galles n'est pas en France, il ne peut se trouver chez vous.

— Si !

— George ?

— Non ! Édouard.

— Mais, Meg, Édouard VII est roi de Grande-Bretagne depuis sept ans.

— Ah ! Quelle importance ? Moi, je l'appelle toujours prince de Galles. Comme quand il visitait mon salon. Comme quand il me fréquentait !

— C'est tout de même une erreur, si je puis me permettre de vous corriger. Le roi a bien participé hier soir à un dîner intime avec le président Fallières, puisqu'il n'est pas en visite officielle, mais simplement de passage pour se rendre en Russie. Vers huit heures ce soir – non, hier soir, puisqu'il est une heure du matin – je l'ai salué à l'ambassade de Grande-Bretagne et je l'ai moi-même accompagné à pied jusqu'à l'Élysée. C'est un homme tout à fait délicieux. Je comprends votre chagrin. Il vous a laissé des souvenirs inoubliables du temps où il était prince et où il venait à Paris uniquement pour se distraire. Vous êtes affectée qu'il n'ait pas songé à vous revoir. C'est bien normal, mais cette déception vous a fait faire un cauchemar. Essayez de vous rendormir, prenez un cachet ou buvez une verveine. Bonsoir, Meg !

Raoul, irrité, raccrocha, éteignit sa lampe de chevet et s'allongea. Comme toutes les femmes, Meg ressemblait à un de ses rêves, un événement qui n'était jamais exactement ce qu'il aurait voulu qu'il soit. Il se rendormit sans doute pendant trente secondes, puis la sonnerie reprit :

— C'était bien le roi. Il est venu me voir à minuit, ici, impasse Ronsin.

— Et alors ?

— Il y a eu un accident. Il a tué Adolphe. Et ma mère.

— Meg, ce n'est pas drôle ! Épargnez-moi ce genre de plaisanteries. Laissez-moi dormir !

— Je vous assure. Je suis sérieuse. Que voulez-vous que je fasse ?

— Rendormez-vous et laissez-moi dormir, pour l'amour du ciel !

— Les deux corps sont ici dans le salon, sous mes yeux, et vous supposez que je peux dormir. Et demain ? Que se passera-t-il ? Si vous ne venez pas tout de suite, j'appelle la police et je dis tout.

Elle prit un ton pleurnichard :

— Et je publie la lettre de Boisdeffre dans *L'Aurore* ! Clemenceau sera tout de suite d'accord.

Raoul s'assit sur son lit et contempla les deux pieds nus qui émergeaient de son pyjama (il avait été un des premiers à Paris à adopter cette tenue d'origine indienne, transmise par l'Angleterre), en essayant d'y trouver une inspiration : il eut l'impression bizarre que ses orteils n'appartenaient pas à son propre corps. Il nageait en plein délire. Meg était une prodigieuse fabulatrice. Elle lui racontait n'importe quoi pour qu'il vienne. Elle venait de fêter ses trente-neuf ans ; elle se sentait vieillir irrémédiablement ; dans ses tentatives de séduction, elle essuyait des refus ; elle était angoissée pour son avenir ; elle se raccrochait à ses anciens amis ; elle essayerait de le taper de quelques centaines de francs pour éponger les ardoises laissées dans les commerces du quartier.

— Très bien, Raoul. Je vous donne une demi-heure pour arriver. À deux heures du matin, j'appelle le commissariat de la rue de Vaugirard. Et tant pis pour le prince !

— Pour le roi !

— Pour le roi, si cela vous amuse.

Raoul eut une inspiration :

— Comment est habillé le roi ?

— Dans une espèce d'uniforme de marin. Très bien coupé. Tissu anglais absolument merveilleux. Des boutons dorés. Des tas de galons.

— Un uniforme d'amiral de la Navy ! Est-ce qu'il porte des décorations ?

— Oui. Il avait trois rubans à gauche.

— De quelles couleurs ?

— Il y avait un ruban bleu, un ruban cramoisi et puis un troisième, compliqué, bleu avec des bords rouge et blanc.

D'un seul coup, Raoul se dressa. C'étaient bien les ordres de la Jarretière, du Bain et de Victoria, dont le roi de Grande-Bretagne est le grand maître. Et c'étaient les décorations affichées sur la tunique du roi, lorsque Raoul l'avait accompagné jusqu'à l'Élysée. Édouard VII avait donc rendu visite à Meg cette nuit-là et quelque chose de grave était arrivé. Mais quoi exactement ? Avec Meg toutes les manipulations étaient possibles, même les plus inimaginables. Édouard était peut-être passé la voir, mais de là à commettre un crime, il y avait un abîme.

Sans prendre le temps d'endosser une robe de chambre, Raoul se précipita dans le couloir et frappa à la porte du ménage Champigny. Arsène ouvrit tout de suite. À la grande surprise de son patron, il était déjà tout équipé. Réveillé en même temps que Raoul par la sonnerie du téléphone, il avait sans doute décroché le poste situé à côté de son lit. Mais sa promptitude tenait du prodige. Il étonna encore davantage son patron en annonçant qu'il avait laissé la Peugeot garée dans la rue, en face de l'immeuble, plutôt que de la conduire au garage. Sans réfléchir davantage à ces deux coïncidences bienvenues, Raoul se précipita dans sa chambre. Il ne prit pas le temps de se laver ni de se raser, il enfila ses vêtements, laça ses chaussures n'importe comment, ne se peigna même pas et vola en bas des escaliers plutôt qu'il ne les descendit.

Le moteur de la Peugeot ronronnait dans la rue silencieuse et déserte, à peine éclairée par les deux réverbères placés aux endroits stratégiques pour servir de repères dans la nuit. Il faisait plutôt doux, le ciel était couvert, il avait plu et il allait pleuvoir à nouveau. On sentait le vent venant de la mer passer au-dessus de la Normandie et de ses pommiers en fleur. Arsène lança la voiture vers le Trocadéro, traversa la Seine et enfila les boulevards de Grenelle, Gambetta et Pasteur pour rejoindre au plus court l'impasse Ronsin. Raoul remit à plus tard d'interroger Arsène sur son étrange état de préparation, car il avait plus urgent à faire.

Durant le trajet, qui prit moins d'un quart d'heure, car les rues étaient rigoureusement désertes, Raoul s'efforça de reconstituer sa dernière rencontre avec Meg. Cela devait bien remonter au début de 1907, un an plus tôt ; ils s'étaient retrouvés comme toujours au Vert-Logis, où Raoul se rendit en conduisant lui-même sa voiture. Cette fois-là aussi, il avait été appelé littéralement au secours. Les Steinheil étaient menacés d'une saisie sur le mobilier par un créancier particulièrement bilieux. Meg avait tenté d'apitoyer Raoul en lui racontant ses dernières aventures : elle en était réduite à feindre des malaises dans le métro pour recruter des pigeons, mais ceux-ci passaient rarement à l'acte, c'est-à-dire à l'achat d'une toile d'Adolphe Steinheil. La mode de la peinture académique était passée, tout comme se ternissait le teint de porcelaine de Meg, se perdait sa taille de guêpe, s'éraillait sa voix si douce et fraîche. Aucun des époux Steinheil n'était plus vendable, chacun dans sa spécialité.

Porteur d'un petit pécule de mille francs avancés par les fonds secrets, Raoul avait acheté une fois de plus la discrétion de Meg au sujet de la lettre de Boisdeffre, un des plus beaux investissements de cette dame. Durant tout le septennat d'Émile Loubet, elle avait extorqué plusieurs dizaines de milliers de francs, par petits paquets, sans jamais faire mine de vouloir vendre la lettre une bonne fois pour toutes. Elle affermait sa possession du document, comme un loyer.

Depuis qu'Armand Fallières avait remplacé Émile Loubet à la présidence de la République en janvier 1906, le prix de la location avait été revu à la baisse, puis réduit à néant après ce dernier versement de 1907. La gauche tenait fermement le pouvoir, avec Georges Clemenceau comme président du Conseil. La divulgation éventuelle de cette lettre attesterait de son engagement personnel du bon côté, lorsqu'il avait publié en 1898 la lettre de Zola accusant la France de maintenir Dreyfus innocent au bagne, au déni de la loi. La République ne serait pas ébranlée par la publication d'un document fané, tandis que l'armée ne pouvait pas être plus déshonorée qu'elle ne l'était déjà. Tout maître chanteur doit apprendre que le matériel servant à l'extorsion est sujet à dépréciation. Les pires scandales deviennent anodins, lorsqu'ils commencent à appartenir à l'histoire, cette machine à gommer les détails déplaisants pour fabriquer des mythes convenables.

Raoul, chargé par Fallières d'annoncer que cet ultime versement valait pour solde de tout compte, avait été néanmoins attiré dans l'alcôve du Vert-Logis, presque à regret en ce qui le concernait. Depuis deux ans, il était le fiancé officiel, tout à fait platonique, de Florence de Luces, et l'étreinte savante de Meg lui laissa un sentiment qui approchait du remords. Mais les grands crus, même éventés, gardent un charme discret, qui rappelle que le temps passe et que les hommes aussi vieillissent sans se métamorphoser tout à fait. Meg resterait toujours elle-même, surtout quand son enveloppe charnelle se fanerait.

La voiture fut prudemment laissée rue de Vaugirard, en face de l'hôpital Necker, où sa présence, parmi d'autres, pouvait paraître naturelle. Mais il n'était pas question de veiller un mourant, il fallait retrouver deux morts et un assassin. Les deux hommes pénétrèrent à pied dans l'impasse Ronsin, un îlot champêtre dans ce XVe arrondissement surpeuplé. Arsène tenait un pistolet chargé et une lanterne électrique limitée à un pinceau de lumière. Raoul poussa la porte d'entrée, qui était entrebâillée, franchit le hall désert et sombre en se dirigeant vers le salon éclairé.

Immobile comme une statue, Meg avait grande allure dans une robe d'après-midi en soie de satin rose, avec un corsage cintré et une jupe étroite, un empiècement brodé sur la poitrine. Si elle s'achetait de telles toilettes, rien d'étonnant à ce qu'elle accumulât les dettes. Mais cela lui accordait une incontestable majesté dans ce décor, qui avouait avec le temps sa véritable pauvreté. Les fauteuils et canapés étaient garnis de tapisseries râpées, les rideaux défraîchis, les ampoules du lustre jaunâtres, comme usées d'avoir trop longtemps brûlé, le parquet lustré de crasse non nettoyée, un carreau fêlé, les vases vides de fleurs, le buffet sans argenterie. D'un coup d'œil, Raoul évalua le naufrage d'un ménage ruiné et mal tenu.

Dans ce décor de désordre, la présence de deux cadavres avait un air presque normal. Adolphe Steinheil était allongé sur le dos en chemise de nuit sale et déchirée, une canne-épée dégainée à la main, les yeux grands ouverts comme s'il avait l'intention de peindre le tableau de sa propre mort. Il accusait vilainement la soixantaine avec des cheveux passant du blond sale au blanc malpropre, une petite moustache chétive, un air de chien battu. Émilie Japy, la mère de Meg, que Raoul n'avait jamais rencontrée, était sans doute l'autre corps, une femme âgée, aux cheveux blancs dénoués, au visage violacé.

— Voilà, dit simplement Meg.

Raoul récupéra son sang-froid. Il prit Meg par la main et la conduisit d'autorité à la salle à manger. Les deux cadavres semblaient plus grotesques qu'effrayants, deux morts sans dignité, au terme de pauvres vies mesquines, vécues comme une lente déchéance. Ce n'étaient que des êtres ratés qui n'auraient pas dû naître. Mais il paraissait indécent de parler en leur présence, comme s'ils avaient été encore capables d'entendre et de comprendre ce que l'on dirait d'eux.

Dans la salle à manger, il alluma le lustre muni de petits abat-jour poussiéreux, taillés dans un tissu rongé par le temps. Une mite, dérangée durant son repas, se mit à tourner obstinément en rond.

— Alors ? demanda Raoul.

— Eh bien ! Tu vois, tu me crois maintenant, répondit Meg en le tutoyant pour la première fois depuis dix ans qu'ils se connaissaient.

Par cette familiarité, Meg l'introduisait dans le rôle de complice plus que d'enquêteur. Dans l'urgence, Raoul devait débrouiller la pire des situations qu'il ait jamais rencontrées. Si Édouard VII était réellement mêlé à ce crime crapuleux, les conséquences en seraient incalculables. Le moindre faux pas de Raoul serait fatal, pour sa propre carrière, pour le roi de Grande-Bretagne et pour la France. Il tenait entre ses mains la réputation personnelle d'un souverain, déjà écornée par quelques scandales à Londres. L'enjeu politique n'était pas moindre : la France s'habituait lentement à l'idée que l'Angleterre n'était plus l'ennemi héréditaire, mais qu'il était nécessaire et possible de se l'attacher comme alliée, pour faire face à l'ennemi nouveau et menaçant que l'Allemagne constituait depuis 1870. Le gouvernement Clemenceau en était convaincu, mais il ne parvenait pas à en persuader la population. Ce n'était vraiment pas le moment de faire des vagues. La vie est ainsi faite que de petits événements surgissent aux pires moments et entraînent des conséquences inimaginables. C'est ce que l'on appelle l'Histoire, un récit calamiteux dans lequel Raoul se trouvait inséré bien malgré lui.

— Ce n'est pas vrai, Meg, dis-moi que ce n'est pas vrai, répéta Raoul, succombant au piège du tutoiement.

— C'est vrai sur la tête de ma fille Marthe.

— Que s'est-il passé ?

Meg commença d'une voix monotone, comme si elle revivait un cauchemar qui l'avait laissée à moitié insensibilisée. À onze heures et demie, après le repas avec le président Fallières, le roi lui avait téléphoné, sans doute depuis l'ambassade de Grande-Bretagne, à deux pas de l'Élysée, d'où il était rentré tout simplement à pied. Il voulait la voir, pour évoquer les années où, alors prince de Galles, il la fréquentait à la bonne franquette. Elle avait accepté, en dérogeant pour la toute première fois à sa règle absolue de ne jamais recevoir d'amants impasse Ronsin, tout en le priant d'être discret. Son mari et sa mère dormaient déjà au premier étage, sa fille Marthe et la cuisinière Mariette étaient à Meudon, au Vert-Logis. Comme il était hors de question d'aller dans un hôtel à cette heure de la nuit avec un personnage comme le roi, il était impossible de recevoir Édouard ailleurs qu'impasse Ronsin. Le risque était évident, mais cette rencontre providentielle pouvait sauver le ménage Steinheil d'une faillite imminente. Meg n'avait pas le choix.

Édouard était arrivé aux alentours de minuit, mais il n'était pas seul. Lord Abinger, un membre de sa suite, l'accompagnait. Tout d'abord parce qu'Édouard ne savait pas conduire une voiture. Et ensuite pour une raison tellement honteuse que Meg refusa de la dévoiler et que Raoul comprit néanmoins. Les deux hommes comptaient bien, l'un et l'autre, user des charmes de Meg, réduite par les deux noceurs éméchés à un rôle de prostituée de bas étage, qu'elle n'avait jamais rempli et auquel elle se refusa tout net. Le ton était donc monté de plus en plus. Édouard, frustré, fatigué, exaspéré par la résistance inattendue à son caprice, s'était mis à crier, en proférant des bordées de jurons anglais d'une sonorité remarquable, car il avait servi dans la Navy, où les ordres doivent dominer le vent des tempêtes.

Adolphe Steinheil, réveillé, était descendu muni de sa canne, en croyant avoir affaire à des cambrioleurs. Pour la première fois de sa vie, il avait vu de ses yeux à quoi sa femme était réduite, à quoi il l'avait menée par son incapacité à gagner sa vie. Il s'était mis dans une colère dont Meg n'imaginait pas qu'il fût capable. Elle découvrit un peu tard que cet homme, qu'elle méprisait, possédait un sentiment de dignité. Lors de l'altercation qui suivit, il avait dégainé l'épée de la canne dans un geste de menace. Lord Abinger l'avait retenu par-derrière. Édouard, hors de lui, l'avait saisi à la gorge et serré très fort, pendant quelques secondes à peine. Adolphe était tombé raide mort.

Quelques instants plus tard, la mère de Meg était à son tour descendue et elle avait été terrassée par une crise cardiaque en contemplant le tableau. Édouard et Lord Abinger étaient partis sur-le-champ, sans un mot, sans même refermer la porte d'entrée, leur voiture avait démarré, il ne restait aucune trace de leur passage, sinon deux cadavres bien encombrants. Inutile de chercher leurs empreintes digitales, dont le célèbre Alphonse Bertillon avait introduit l'utilisation en 1902 pour confondre un criminel : les deux Anglais ne s'étaient pas dégantés.

Quand le récit fut terminé, Raoul prit sa tête entre les mains comme si ce geste pouvait lui apporter un supplément d'inspiration. Il disposait de quelques minutes pour trouver une solution, qui excluait de toute façon la dénonciation des meurtriers. Même en invoquant l'accident, le scandale serait gigantesque. Il évalua un instant la possibilité d'appeler le préfet de police Lépine, qui s'était souvent montré très coopératif avec la présidence, pour détourner les affaires de leur cours judiciaire normal.

Mais dans le cas présent, ce qui était en jeu était rien de moins que l'Entente cordiale que la France et l'Angleterre s'efforçaient péniblement de construire, à l'encontre de leur opinion publique. Un roi de Grande-Bretagne, prenant Paris pour champ de ses exploits crapuleux et tuant, même par accident, un citoyen français en train de défendre l'honneur de sa femme, cela passait l'entendement. Et pourtant, Raoul était bien placé pour savoir d'expérience que les puissants de ce monde sont des hommes comme les autres, capables du pire comme du meilleur. Beaucoup de voyages officiels à Paris comportaient des virées nocturnes, où les étrangers se permettaient tout, comme si la Ville-Lumière était une sorte de lieu sans foi ni loi. Il ne pouvait pas remettre le sort de la politique étrangère entre les mains d'un fonctionnaire de police, il devait en appeler directement au président.

Raoul passa dans le hall, où se trouvait le téléphone. Il forma un numéro que quelques rares personnes étaient seules à connaître. L'huissier, qui était de garde la nuit, lui répondit tout de suite. Il identifia Raoul et monta aux appartements privés d'Armand Fallières, pour réveiller celui-ci. Depuis deux ans qu'il remplaçait Émile Loubet, il avait gardé Raoul à son poste, tant celui-ci avait fait merveille sous son prédécesseur. Raoul Thibaut de Mézières commençait presque à faire partie des meubles de l'Élysée, comme le chef de la cuisine, les huissiers et les jardiniers. Les membres du cabinet passaient, les fonctionnaires demeuraient.

— Monjeunami, je suppose que vous avez une excellente raison pour me réveiller de la sorte.

— Tout à fait, monsieur le président, elle est la plus grave qui se puisse imaginer. Le roi de Grande-Bretagne vient de commettre un meurtre, sans doute par accident, lors d'une algarade avec le mari de sa maîtresse, Mme Steinheil.

Il n'y eut pas de réaction immédiate provenant de l'Élysée. Raoul n'entendait que le souffle d'Armand Fallières qui se faisait plus rauque et plus précipité.

— Vous êtes absolument sûr de ce que vous me racontez ?

— Je suis sûr d'avoir vu les cadavres d'Adolphe Steinheil et de Mme Japy, mère de Marguerite Steinheil. Le récit du meurtre, je le tiens de cette dernière.

Je ne sais pas si elle dit la vérité, mais je devine ce qu'elle dira si nous appelons la Sûreté.

— Elle dit peut-être la vérité.

— Ce n'est pas impossible. D'autant plus qu'elle m'a fait une description exacte de la tenue que le roi portait.

— Ce n'est pas une preuve. Elle peut l'avoir rencontré dans l'après-midi ou encore avoir vu une photo dans les journaux.

— Sans doute, mais c'est une forte présomption. Elle m'a décrit de façon très précise les trois décorations que portait le roi. Cela ne peut se déduire d'une photo en noir et blanc.

— Le roi est malheureusement coutumier de ces escapades, soupira Fallières. Quand il était prince de Galles, il s'était taillé une réputation de noceur invétéré. Dans ce genre de circonstances, des accidents se produisent souvent. S'il n'était qu'un bourgeois ordinaire se défendant contre l'assaut d'un souteneur, il s'en tirerait avec une condamnation de principe assortie du sursis. Cela vaudrait tout au plus un entrefilet dans la presse de boulevard. Mais ici, que la femme dise vrai ou faux, le résultat est le même. C'est un scandale épouvantable. Je n'ose y penser. Mais qu'allait-il faire dans cette galère !

Le silence retomba. Armand Fallières s'efforçait, lui aussi, au bout du fil de réfléchir aussi vite que possible. Finalement il articula :

— Monsieur Thibaut de Mézières, appelez les Renseignements généraux. Selon la règle pour toutes les visites de chefs d'État, deux inspecteurs montent la garde à l'ambassade de Grande-Bretagne. Ils sont chargés d'accompagner le roi dans tous ses déplacements, même privés, sauf si l'intéressé le refuse. Si le roi est sorti cette nuit, ils doivent le savoir. S'il n'est pas sorti, cette dame Steinheil ment grossièrement et vous appelez tout simplement la Sûreté pour l'arrêter.

Raoul appela la rue des Saussaies. Il attendit la réponse pendant près d'une demi-heure, le temps pour un inspecteur de faire un aller-retour jusqu'à l'ambassade de Grande-Bretagne, où ses deux collègues étaient de garde dans la loge du concierge. La réponse fut positive : un peu avant minuit le roi était sorti de l'ambassade dans une voiture conduite par un membre de sa suite. Il y était revenu vers deux heures.

À trois heures du matin, il ne restait plus d'autre option à Raoul que de se rendre complice d'un meurtre en le maquillant sommairement dans la hâte d'être surpris. Quand il annonça sa décision à Arsène, celui-ci ne put retenir un commentaire spontané :

— Il faut toujours un honnête bosseur pour réparer la faute du bête noceur.

Au dernier étage du pavillon de l'impasse Ronsin, le réveil de Rémy Couillard, le valet des Steinheil, sonna à cinq heures trente le dimanche 31 mai. Il occupait une mansarde sous les combles, isolée du reste de la maison par le deuxième étage, tout entier occupé par l'atelier du peintre. Il se leva, enfila son pantalon de velours côtelé sur sa chemise de nuit, puis un gilet, un tablier et enfin une veste. Il faisait froid dans sa mansarde. C'était un garçon de dix-neuf ans, au visage ingrat, où se mêlaient la ruse et la bêtise, avec une petite moustache dont il cultivait la croissance avec le plus grand soin, car elle l'aiderait à séduire les filles.

Il avait été convenu la veille qu'il préparerait le petit déjeuner très tôt, car la famille avait l'intention de se rendre au Vert-Logis pour profiter du printemps. Mme Japy était arrivée assez tard à la gare de l'Est la veille, depuis son village de Beaucourt. Marthe, la fille des Steinheil, et Mariette Wolf, la cuisinière, étaient déjà parties la veille à Meudon.

En descendant l'escalier pour se rendre directement à la cuisine au rez-de-chaussée, Rémy entendit une voix étranglée prononcer son nom, lorsqu'il fut à hauteur du premier étage occupé par les chambres à coucher. C'était bien la voix de Madame, mais changée, rauque, tragique. Rémy pénétra dans la chambre de sa patronne dont la porte était restée entrebâillée. Il demeura figé sur le seuil.

Marguerite Steinheil était ficelée sur son lit. Alors qu'elle se débattait, sa chemise de nuit lui était remontée jusqu'aux épaules et elle exhibait une nudité qui fit frémir Rémy Couillard. Il voyait ce qu'il n'aurait jamais dû voir, ce qui l'introduisait dans l'intimité des patrons, ces demi-dieux vivant dans le confort, la sécurité et la distinction. Il découvrait qu'une déesse était cependant une femme. Il se vit déjà impliqué dans une histoire épouvantable de viol aggravé d'assassinat, parachevée par la guillotine au petit matin. Coupable d'avoir jeté les yeux sur Madame nue, tout devenait possible.

Cette déesse déchue était cruellement ligotée. Ses poings étaient liés dans son dos et elle était couchée sur le côté. Ses deux pieds étaient aussi ficelés ensemble, avec la particularité curieuse que chaque orteil était attaché séparément par une ficelle aux barreaux du lit. L'auteur de cet attentat devait être un peu dérangé. Un cordage était fixé autour du cou, mais sans être serré. Un gros morceau de coton se trouvait sur l'oreiller. « Sans doute a-t-il servi de bâillon et

Madame a réussi à le recracher. » Elle gémissait doucement en suppliant Rémy de la détacher.

Affolé par la posture impudique de sa patronne, Rémy Couillard ne songea pas à la libérer, mais il se rua vers la chambre de Monsieur, afin de mettre celui-ci au courant de la situation et de trouver un témoin à décharge. Mais l'affaire se compliqua encore, car il buta sur un obstacle inattendu et il s'étala de tout son long. Adolphe Steinheil était couché dans le corridor, en chemise. Il portait aussi une corde autour du cou et il tenait encore sa canne à la main. Il ne bougeait pas et, en tentant de prendre sa main pour l'aider à se relever, Rémy constata que celle-ci était glacée. Monsieur était mort depuis plusieurs heures. La déesse était nue et le dieu était mort.

La dernière ressource de Rémy, de plus en plus paniqué, ne sachant plus trop où donner de la tête, était la mère de Madame, qui dormait dans la troisième chambre. Le comble de l'horreur attendait le valet : Mme Japy était allongée en travers du lit, les jambes pendantes, le visage horriblement violet, une ficelle identique autour du cou, et un gros tampon de coton débordant de la bouche. Sur sa table de nuit se trouvait son dentier qui semblait encore sourire de toutes ses quenottes artificielles. Rémy faillit s'évanouir d'horreur. Il se pinça violemment, car il avait appris que ce geste permettait de sortir des cauchemars. Il récupéra un peu de lucidité et revint dans la chambre, où gisait sa patronne, dont il défit les liens, déjà distendus par les contorsions de la victime.

Dès que ses mains furent libres, Marguerite Steinheil extirpa d'abord des résidus de coton qui lui encombraient la bouche, rabaissa ensuite sa chemise de nuit avec brusquerie et demanda à Rémy :

— Où est mon mari ?

Rémy répondit :

— Il est mort dans le corridor. Mme Japy est morte dans son lit.

Puis il poussa une sorte de beuglement et ouvrit la fenêtre en hurlant à l'aide. Quand il se retourna, Madame était évanouie dans son lit.

Le gardien de l'impasse Ronsin, qui s'était levé tôt pour balayer le trottoir, entendit l'appel de Rémy. Il se rapprocha de la maison des Steinheil et entendit un rapport plus détaillé de la part du valet, qui ne prit pas la peine de descendre, mais débita des phrases hachées, depuis la fenêtre du premier étage. Le gardien courut jusqu'au commissariat de la rue de Vaugirard, situé à deux pas. Un voisin, Maurice Lecocq, se précipita dans le pavillon des Steinheil afin de leur porter secours, mais il n'y avait plus rien à faire.

La machine judiciaire s'enclencha dès l'arrivée du gardien. Au récit des faits, le brigadier de service durant la nuit avertit la police judiciaire, qui commit à cette enquête le chef de la Sûreté en personne, M. Hamard.

Raoul ne parvint pas à se rendormir durant cette nuit, malgré son épuisement. Il eût aimé se trouver sur les lieux dès l'arrivée de la police, mais il n'avait aucune raison valable pour justifier sa présence. Il fallait donc qu'il fasse comme si de rien n'était. Mais il ne pouvait s'empêcher de ressasser continuellement les péripéties de la nuit.

Il avait commencé par transporter les deux corps au premier étage avec l'aide d'Arsène. En les manipulant, celui-ci avait estimé que la mort remontait effectivement aux alentours de minuit. Il y avait des traces de boue sur le plancher du salon qui provenaient du passage des deux noceurs. Il n'avait pas cessé de pleuvoir toute la nuit et le chemin du jardinet menant à la porte d'entrée, mal tenu, laissait affleurer l'argile grasse entre les graviers. Arsène avait soigneusement effacé ces traces, tout comme celles que Raoul et lui avaient laissées, en marmonnant : « Saison mouillée, maison souillée. » La police scientifique, inventée par Alphonse Bertillon, s'intéressait à ce genre d'indices avec autant de zèle qu'aux empreintes digitales : chaque chaussure possède des caractéristiques qui permettent d'identifier celui qui les porte.

Puis Arsène était sorti pour faire le guet, car il était déjà quatre heures passées et le petit peuple, valets, cuisinières et livreurs, se levait très tôt, afin que tout soit prêt lorsque les maîtres s'éveilleraient. Meg avait repris ses esprits et précisé que le valet Rémy s'éveillerait, lui aussi, très tôt. C'était déjà miracle qu'il ne l'ait pas été par le tapage et le remue-ménage de la nuit.

Pendant plus d'une heure, Raoul avait chapitré Meg en lui faisant répéter une histoire simple : des bandits avaient pénétré sans bruit dans la maison vers minuit, en profitant d'une porte-fenêtre du jardin laissée ouverte par inadvertance. Ils cherchaient sans doute de l'argent provenant d'une vente de tableaux, suite à une exposition. Ils avaient pénétré dans sa chambre en l'éblouissant par une lanterne, qui l'avait empêchée de les distinguer et ne lui permettait pas d'en donner un signalement : ils portaient des blouses noires et des fausses barbes. Ils l'avaient ligotée sur son lit. Elle ignorait ce qui s'était passé avec son mari et sa mère et elle n'avait appris leur mort que le matin, de la bouche de Rémy.

Arsène Champigny avait cherché en vain de la ficelle. Il n'y en avait point dans cette maison pauvre.

Finalement il avait trouvé un colis à la cuisine, une statue de vierge en bois, une fausse antiquité, emballée dans du coton et entourée de ficelles. Il défit le paquet, récupéra ficelle et coton. Meg leur apprit que cette statue constituait le cadeau de mariage de la fille de l'excellent M. Chouanard. Ce genre d'attention touchait toujours un père.

Ficelée de façon toute professionnelle, Meg n'arrêta pas de se plaindre que les liens la torturaient. L'idée des ficelles liant les orteils aux barreaux du lit provenait d'Arsène. Il avait expliqué à Raoul interloqué que les malfaiteurs ont souvent des habitudes étranges, qui permettent de les identifier. Or ce ficelage des orteils avait été utilisé à trois reprises du côté d'Issy-les-Moulineaux par une bande qui n'avait toujours pas été attrapée. Ce détail pittoresque lui ferait attribuer le cambriolage et accréditerait la version de Meg. Le côté humoristique et farfelu du procédé impressionnerait les enquêteurs. Le même rôle serait joué par la corde rituellement passée autour du cou. Enfin le coton servit à bourrer la bouche de Mme Japy et un tampon fut posé à côté de la tête de Meg. Il eût été trop dangereux de la bâillonner vraiment au risque qu'elle s'étouffe. Il fut donc convenu qu'elle prétendrait avoir recraché le tampon.

Arsène résuma la situation en une formule dont il avait le secret :

— Nos imaginaires bandits sont bidonnants.

Ils avaient abandonné Meg sur d'ultimes recommandations vers cinq heures du matin. Depuis Raoul se rongeait littéralement. Si sa supercherie était découverte, il ne devait espérer aucun appui d'Armand Fallières. Il était payé pour courir des risques énormes à titre personnel. Tout dépendrait de Meg. Si elle se sentait menacée, elle pourrait être tentée de passer aux aveux les plus complets et l'opération échouerait. Le sort d'Édouard VII, ceux de la République et de Raoul Thibaut de Mézières étaient suspendus à la loyauté d'une femme de mœurs légères, connue pour ses affabulations.

Comme il ne fallait surtout pas qu'il donne prise au moindre soupçon, Raoul ne partit qu'à neuf heures pour son bureau de l'Élysée. Souvent, les dimanches, il y faisait une brève apparition pour vérifier que rien ne sollicitait son attention. Il fut reçu tout de suite par Armand Fallières dans ses appartements privés. Raoul lui fit un bref compte rendu de ce qui s'était passé. Le seul commentaire fut celui auquel il s'attendait :

— Je ne vous ai jamais entendu m'entretenir de cette affaire, dont j'ignore absolument tout. Je vous remercie néanmoins pour tout ce que vous faites pour la République.

À dix heures, la nouvelle du double assassinat arriva officiellement à l'Élysée par le canal de la Sûreté. Comme les relations passées de Marguerite Steinheil et de Félix Faure étaient connues de tout Paris, le juge d'instruction Jérémie Laideret avait cru bon d'avertir la présidence de la République. Fallières convoqua alors officiellement Raoul à son cabinet et il lui confia la mission de suivre l'enquête. Ainsi couvert, Raoul se fit conduire par Arsène impasse Ronsin.

Il y trouva beaucoup de monde. M. Hamard, qui avait d'autres affaires urgentes à traiter, avait laissé sur place un commissaire, un sous-brigadier et quatre inspecteurs. Deux agents du commissariat de la rue de Vaugirard bloquaient l'entrée de l'impasse et en écartaient les curieux. Le juge Jérémie Laideret était en train d'interroger Marguerite Steinheil toujours alitée, tandis que le commissaire questionnait Rémy Couillard dans une autre chambre. Un médecin attendait au salon pour examiner Meg. Les corps avaient déjà été emportés vers la morgue pour autopsie.

Le juge Laideret était un petit homme sec, dont le visage se terminait en pointe sur une chétive barbichette. Il n'avait jugé bon de retirer ni son chapeau, ni son pardessus, ni même ses gants, comme s'il désirait s'isoler de la scène du crime par le maximum de vêtements. Courtois sans être obséquieux, il accepta que Raoul, en tant que représentant personnel du chef de l'État, assiste à l'interrogatoire, mais sans intervenir directement. Meg fit un signe distant de la tête à Raoul et elle poursuivit un récit devenu presque banal dans sa bouche, car elle l'avait sans doute déjà servi aux gens de la Sûreté.

Elle avait été réveillée vers minuit par trois hommes vêtus de longues blouses noires, dont l'un tenait une lanterne qui l'éblouissait. Ils étaient accompagnés par une femme rousse, dont la bouche était édentée « comme un trou d'égout ». Sur tous ces points, elle suivit scrupuleusement la version qui lui avait été enseignée. Le détail des blouses n'était pas gratuit : Arsène, qui était une véritable gazette des mauvais coups perpétrés à Paris, avait appris que des costumes de ce type venaient d'être dérobés au Théâtre hébreu de Saint-Denis. Cette fausse piste égarerait les soupçons, tout en permettant à Meg de ne pas se couper en décrivant les tenues diverses de plusieurs bandits.

Les malandrins avaient commencé par lui arracher ses bagues et par prendre ses colliers et bracelets, posés sur sa table de nuit. Ils lui avaient donné quelques coups de poing pour lui faire avouer la cachette de l'argent touché par le peintre pour la vente de tableaux, avant de la ligoter et de lui enfoncer un bâillon de coton dans la bouche. Ils avaient ensuite ouvert les tiroirs d'une commode dans laquelle Meg avait serré une partie des billets qu'elle venait de retirer de la banque et qu'elle avait l'intention d'emporter à Meudon pour régler les factures impayées du Vert-Logis.

Le juge s'excusa encore auprès de Meg de l'avoir importunée, alors qu'elle se remettait à peine du choc qu'elle avait subi. Elle lui donna dignement son congé en s'enfonçant sous les couvertures et en fermant les yeux pour ne pas voir l'horrible bonhomme. Jérémie Laideret descendit l'escalier en compagnie de Raoul et signifia au médecin que la place était libre.

— Mes premières conclusions, monsieur Thibaut, sont d'une triste banalité. Nous avons affaire à un crime crapuleux, commis par une bande qui sévit dans les environs. Le ficelage des orteils est pour eux une sorte de signature, tout comme la corde nouée autour du cou. Selon le médecin légiste, Adolphe Steinheil a été tué par étranglement. Un individu lui a serré la gorge avec une telle force que le larynx a été écrasé. Quant à sa belle-mère, elle est morte soit par étouffement sous le bâillon, soit d'une crise cardiaque. Le vol est le mobile évident du crime. Les voleurs ont appris, par un comparse, que Mme Steinheil venait de retirer une grosse somme de la banque, six mille francs, correspondant à la vente des tableaux lors d'une exposition qui vient de se terminer. Une partie de cet argent avait déjà été consacrée à régler des factures dans le quartier. Ils ont profité de l'occasion pour voler également les bijoux de Mme Steinheil sur lesquels ils ont pu mettre la main.

« Je suis un habitué du salon qu'elle tient tous les mercredis, car j'aime la peinture, spécialement celle des peintres traditionnels. Je connais donc bien les victimes et je mettrai tout en œuvre pour découvrir les responsables. Vous pouvez rassurer M. le président de la République.

Ces dernières paroles ne rassurèrent pas du tout Raoul, puisqu'il ne s'agissait pas de découvrir le vrai coupable et, encore moins, les faux coupables qu'il avait imaginés. Le seul résultat de l'enquête ne pouvait et ne devait être qu'un non-lieu. Sa tâche consisterait donc à brouiller les pistes pour que justice ne soit pas rendue et que les intérêts supérieurs de la France soient préservés.

V

Les jours suivants constituèrent une période faste pour la presse, qui distilla les nouvelles, vraies et fausses, que ses journalistes collectaient en suscitant les indiscrétions de tous les témoins, réels ou prétendus. Les journaux s'arrachaient à la criée dans les rues, les cafés, les gares. On en parlait au comptoir de chaque bistrot comme au Jockey-Club. Les auteurs de romans policiers à l'imagination la plus fertile, Conan Doyle, Maurice Leblanc et Gaston Leroux, étaient dépassés par la réalité. La maîtresse d'un président de la République, après avoir épuisé celui-ci par des caresses trop savantes, se retrouvait huit ans plus tard les orteils ficelés à côté du cadavre de son mari et de sa mère, étranglés sans doute par des Juifs munis de fausses barbes, vêtus de longs manteaux noirs.

Pour sa part, Raoul vivait des matinées d'angoisse en parcourant hâtivement une pile monstrueuse de journaux, dès qu'ils étaient mis en vente. La vérité n'était connue que des deux Anglais, du président de la République et de Meg, d'Arsène et de lui-même. Personne, sauf Meg, n'avait la moindre raison de commettre une indiscrétion. Aucun élément de la vérité ne fut donc jamais évoqué, ni même soupçonné par la presse. Il était plus facile aux reporters de fabuler à l'instar de feuilletonistes à cinq sous que de collecter des faits ou de réfléchir sérieusement à ceux qui étaient connus. Plutôt que de chercher une explication aux faits, ils imaginaient des faits pour justifier une explication.

Dès le lundi 1er juin, Édouard VII avait pris le train pour Berlin et Saint-Pétersbourg : il faisait tout bonnement la tournée de sa famille, car l'empereur d'Allemagne Guillaume II était son neveu et le tsar de Russie avait épousé une de ses nièces. Édouard, très inquiet des tensions perpétuelles entre grandes puissances, s'occupait d'éviter un conflit généralisé. En effet, le jeu des alliances condamnait automatiquement un pays à entrer en guerre si un allié était attaqué. C'était un équilibre fondé sur la menace et la crainte, plutôt que sur l'intelligence et la confiance. Il suffisait qu'un seul pays parmi l'Angleterre, la France et la Russie, unies dans la Triple-Entente, ou parmi l'Allemagne, l'Autriche-Hongrie et l'Italie, unies dans la Triple-Alliance, soit impliqué dans un conflit, pour que toute l'Europe s'embrase.

Les diplomates, qui sont des abstracteurs de quintessence politique, s'étaient imaginé que la menace d'une guerre européenne serait le meilleur moyen de l'éviter. En réalité, ils avaient construit un château de cartes, qui s'écroulerait si une seule carte tombait. Au contraire, Édouard n'avait confiance que dans les liens de loyauté mutuelle des grands de ce monde. Comme il n'avait jamais réussi à étudier à Oxford, il avait gardé tout son bon sens. Son robuste appétit des femmes, les plaisirs substantiels qu'il en tirait et les discussions intimes avec ces personnes du sexe faible l'avaient tenu à l'écart de la tradition homosexuelle, chère aux intellectuels britanniques, initiée à Eton et entretenue par le passage dans les colonies ou dans la Navy. Il avait les pieds sur terre parce qu'il arpentait l'Europe, flamberge érotique au vent, diplomate le jour, noceur la nuit, et que les dames de petite vertu ont souvent un grand cœur. Comme il bouillonnait de vie, qu'il en jouissait par tous ses pores et qu'il était profondément heureux, il ne souhaitait le malheur de personne et ne voulait pas la mort des autres.

Lorsque Raoul, au nom du président, avait raccompagné le souverain et Lord Abinger à la gare de l'Est, il s'était bien gardé de faire la moindre allusion à la nuit du samedi. Il avait pris place dans la voiture automobile du souverain, une superbe Delaunay-Belleville de l'ambassade. Le roi paraissait parfaitement détendu et souriait intérieurement, en voyant défiler les rues de ce Paris qu'il aimait tellement et qu'il envisageait déjà de revisiter sur le chemin du retour. Raoul en vint à supposer que les deux Anglais avaient quitté l'impasse Ronsin en ne se rendant pas compte qu'ils laissaient deux morts derrière eux, s'imaginant simplement qu'Adolphe Steinheil et Émilie Japy avaient perdu connaissance. Sans doute n'avaient-ils pas lu la presse dominicale, qui donnait tous les détails sur le drame.

Mais Raoul ne pouvait pas éliminer l'hypothèse d'une insensibilité totale. Deux nobles personnages avaient été agressés dans une maison louche, où ils venaient chercher l'équitable soulagement d'amours tarifées. Ils s'étaient défendus comme il convient. Tant pis pour les manants qui avaient succombé à l'envie de s'en prendre à la noblesse. Ils n'avaient eu que le sort qu'ils méritaient. Raoul se dit qu'avec un peu de chance il n'entendrait plus jamais parler de cette nuit fatale. Meg avait abandonné l'impasse Ronsin, qu'elle ne pouvait plus supporter, et elle avait été recueillie par le comte d'Arlon, un des nombreux fiancés, successifs et provisoires, de sa fille Marthe, qui prenait le chemin de sa mère tandis que celle-ci la suivait à la trace en récoltant ses restes.

La police n'était toujours pas arrivée – et pour cause – à arrêter la bande de voleurs présumés. L'autopsie avait confirmé qu'Adolphe Steinheil était bien mort de strangulation. Des ecchymoses sur ses bras prouvaient qu'il avait été maintenu par un complice pendant que l'assassin faisait son œuvre. Quant à Émilie Japy, elle était morte de saisissement ou d'asphyxie. Les cordes autour du cou des victimes n'avaient pas servi, mais elles faisaient partie d'une mise en scène macabre. Celle-ci plongeait les enquêteurs dans cette judicieuse perplexité qui avait été prévue et manigancée par Arsène : à force de se creuser la cervelle pour élucider des signes bizarres, un policier ne s'occupe pas des indices significatifs.

Or, dans la mise en scène du cambriolage imaginaire, Raoul et Arsène, pressés par le temps, avaient négligé de créer l'indice le plus indispensable : une effraction pour expliquer l'intrusion de malandrins au milieu de la nuit. Par un message discret, Meg avait été prévenue de ce détail gênant et instruite de suggérer qu'une des portes-fenêtres, donnant sur le jardin, avait sans doute été mal fermée. Encore fallait-il admettre que les bandits aient eu connaissance de ce détail. Par qui ? Ou bien disposaient-ils d'un complice à l'intérieur qui leur aurait ouvert ? Et qui donc, sinon Meg ou le valet Rémy Couillard ?

La thèse des blouses noires, appelées « lévites » dans le vocabulaire de la communauté juive, fut cependant accréditée par une découverte, apparemment fortuite. Un voyageur trouva, dans la station Étoile du métro, un carton d'invitation pour l'exposition des œuvres d'Adolphe Steinheil durant le mois d'avril à l'atelier de l'impasse Ronsin. Au dos du carton se trouvait l'adresse d'un costumier de Montmartre, qui avait livré ces lévites au Théâtre hébreu de Saint-Denis. Une troupe anglaise présentait dans ce théâtre une comédie en yiddish pour les petits commerçants juifs des environs. Le directeur du théâtre confirma que trois de ces costumes, ainsi que trois fausses barbes, avaient disparu la veille du double assassinat.

Ainsi, il semblait se vérifier qu'un des visiteurs de l'exposition Steinheil, sans doute en mission de repérage, avait conçu l'idée d'un cambriolage, en supputant que la vente des tableaux signifiait la présence d'une importante somme d'argent impasse Ronsin. Les lévites avaient servi à dissimuler les vêtements et à rendre le signalement plus flou. Mais le cerveau de l'opération avait maladroitement noté l'adresse du costumier sur le même carton que celui de l'exposition, en établissant ainsi une preuve indubitable du lien entre les deux affaires. Non seulement il avait été incroyablement négligent en ne détruisant pas cet indice, mais il avait poussé l'inconscience jusqu'à égarer celui-ci sur la voie publique. Enfin, un citoyen zélé et observateur avait recueilli cette preuve et s'était empressé de la communiquer à la police. Les enquêteurs jouissent rarement de la chance de Jérémie Laideret dans cette affaire. Il fallait qu'il eût affaire à un bandit particulièrement stupide et maladroit. Ou qu'il le soit lui-même pour croire en cet enchaînement miraculeux de causes et d'effets.

Aussitôt, le journal *L'Action française*, qui venait d'être fondée par Léon Daudet, publia un éditorial de sa plume affirmant, sans l'ombre d'une preuve, que « ce crime crapuleux ne pouvait être que le fait du milieu artistique cosmopolite et inspiré par la juiverie internationale ». Parmi les complices du méfait, Daudet n'hésita pas à désigner nommément Picasso et Modigliani. La police vérifia qu'ils n'étaient pour rien dans le drame, mais la piste des artistes resta ouverte. Le ficelage des orteils confortait la thèse qu'il s'agissait d'un esprit facétieux et créatif jusque dans le crime et donc un marginal d'origine étrangère. Un bandit de souche gauloise n'aurait pas eu cette idée, car un véritable Français tuait de façon cartésienne, en fonction de ses seuls intérêts, sans perdre son temps à des mises en scène. Il jouait franc jeu avec la police. Le cas échéant, il montait à l'échafaud, la blague aux lèvres après un dernier verre de rhum.

Lorsqu'il posa la question à Arsène, Raoul reçut la confirmation – comme il l'avait deviné dès le début – que le carton d'invitation avait bien été disposé par celui-ci dans le métro. Son adjoint résuma sa philosophie au sujet des fausses pistes surgissant miraculeusement par une formule lapidaire, mais très juste : « La police admire les oracles et adore les miracles. »

Tout semblait rentrer lentement dans cet ordre factice qui fait le désespoir des journalistes, mais aussi les délices du gouvernement, de l'armée et de la finance. Puisque les emprunts russes se vendaient comme des petits pains, Raoul dominait petit à petit son angoisse en voyant son portefeuille d'actions se bonifier. Il faisait le compte des heures et des jours, comme un malade qui émerge d'une opération et qui se rétablit petit à petit.

Un vers de *La Légende des siècles* d'Hugo le hantait, pareil à une scie de bastringue : « Tout reposait dans Ur et dans Jerimadeth. » De même s'imposait pour lui la formule apaisante : « Tout Paris reposait, de Neuilly à Vincennes. » L'alexandrin joue un rôle décisif dans l'esprit français : il dispense de réfléchir par son rythme propre, en ordonnant les mots pour en fabriquer une évidence, comme dans ces jardins rigoureux et factices, qui firent la gloire paysagère de la France cartésienne.

Raoul commanda deux complets d'été, l'un blanc, l'autre crème, coupés dans ces tissus merveilleux qui venaient d'Italie et qui ne se froissaient pas, malgré leur légèreté. Il s'amusa beaucoup au dernier vaudeville de Feydeau, *Occupe-toi d'Amélie*, le *1er Quatuor* d'un nommé Bartók le plongea dans la perplexité la plus profonde et le surgissement de l'école cubiste le ravit. Tout cela était nettement plus important que le tourbillon Steinheil.

Bien entendu, après le double assassinat de l'impasse Ronsin, les gazettes avaient ressorti l'affaire de la mort de Félix Faure. Un jour de juin où le printemps éclatait dans les feuilles vert pâle des marronniers, Raoul et Arsène déambulaient, sans but précis, dans la rue de la Gaîté. Des refrains de quadrille s'échappaient des fenêtres ouvertes. De grandes affiches aux couleurs criardes annonçaient les débuts de Madame Adèle, chanteuse de genre, et la rentrée de Monsieur Adolphe, un comique troupier. Dans l'étalage d'un marchand de vin se dressaient des pyramides d'escargots momifiés dans leurs coquilles, occluses par du beurre persillé.

Un attroupement les arrêta. Une fille rousse, à la bouche édentée, mais au corsage abondant et entrouvert, vendait à la ronde une gravure représentant Meg en corset délacé, les yeux exorbités, la chevelure prise dans les doigts crispés de Félix Faure, manifestement déjà mort. Puis un accordéoniste à la barbe sale l'accompagna dans une complainte, qui fut entonnée par les badauds au refrain :

Qu'est-ce qu'on attend
Pour mettre à Saint-Lazare
Cette criminelle bizarre ?
Si Laideret est si doux
C'est qu'y a quèque chose
Là-d'ssous.

Arsène hocha la tête. Il savait trop combien le peuple de Paris est lucide. Il commenta à mi-voix :

— Une femme brutale se cache mal dans une brume fatale.

Ils repartirent tous les deux en fendant la foule. Des groupes stationnaient sur la chaussée, des enfants tournaient en bande et finissaient par récolter des paires de gifles, quand les adultes étaient excédés. Le choc des boules d'un billard s'entendait par la fenêtre ouverte d'un café. Ils s'attablèrent dans un restaurant dont on leur avait dit du bien. Ils dînèrent pour pas cher, trois francs soixante-dix centimes, d'une soupe, d'un fricandeau et de fromage. Et Raoul se dit qu'il n'avait pas perdu son temps : le peuple, le petit peuple de Paris, éduqué par dix siècles de rois, dessalé par des milliers de courtisanes, ne s'en laissait pas conter. Il fallait s'en méfier.

D'ailleurs la voix populaire brodait inlassablement sur ce thème fécond et racoleur. Marguerite Steinheil fut affublée par la presse d'une foule de surnoms, astucieusement agencés autour d'une allitération : la Circé de l'Élysée, la Pompadour de la République, la Du Barry de Vaugirard. Elle accueillait rois et présidents « à draps ouverts ». En poussant l'imagination jusqu'en ses limites, une légende libertine se répandit, obstinée et indestructible : dans sa hâte entre deux rendez-vous et dans sa crainte d'être surpris, Félix Faure avait dû renoncer à une étreinte normale et il s'était satisfait d'une fellation. L'idée s'était accréditée bizarrement à partir de la remarque impertinente qu'avait faite neuf ans plus tôt Clemenceau, à l'époque journaliste, depuis président du Conseil : « Félix Faure avait voulu être César, il a fini comme Pompée. » Si le président du Conseil l'avait dit, c'est que c'était vrai. Comme les annales de l'Antiquité n'étaient pas le fort des plumitifs de bas étage, les démêlés historiques des deux consuls, évoqués par Clemenceau, disparurent au bénéfice du jeu de mots. La plaisanterie atteignit son paroxysme quand Meg devint la « Pompe funèbre ». C'était encore pire que d'être nommée la « Veuve rouge ». Elle n'existait plus elle-même : elle était entrée dans la légende, comme l'héroïne scandaleuse d'un roman à deux sous.

Dans le courant du mois de juin cependant, la Meg réelle se rappela fâcheusement au souvenir de Raoul, en le convoquant pour un rendez-vous urgent au Vert-Logis. Par souci de discrétion, il renonça à la voiture et à l'escorte d'Arsène. À partir de la gare Montparnasse, il prit le tortillard de la banlieue sud, vêtu d'un complet de confection, abominablement mal taillé, et d'une casquette enfoncée jusqu'aux yeux. Il n'avait aucune raison avouable de rencontrer cette femme, que les journaux continuaient à traîner dans la boue. Si un émissaire de l'Élysée était vu en compagnie de Meg, toute l'affaire recommencerait à partir de zéro.

Raoul s'attendait à ce que le but de leur rendez-vous soit d'obtenir que la présidence de la République mette un terme à cette campagne de presse. Meg était à ce point compromise qu'elle ne pouvait plus se présenter dans quelque salon que ce soit à Paris. Privée des barbouillages académiques d'Adolphe Steinheil, elle n'avait probablement même plus de moyens réguliers d'existence. Partagé entre quatre descendants, l'héritage de Mme Japy était devenu insignifiant. À quarante ans, Marguerite Steinheil était sur le pavé. Elle risquait de devoir s'exhiber, vêtue d'un maillot rose, à la foire du Trône, pour deux sous l'entrée.

Elle l'attendait, comme neuf ans plus tôt, sur le quai de la gare de Meudon. Elle portait des lunettes noires, dont la mode commençait à se répandre pour l'été à Deauville, pour les champs de courses et les voyages en voiture automobile découverte. Effectivement, elle était vêtue d'un manteau vert pomme à corsage cintré et d'une jupe évasée. Sur la tête, un chapeau de paille naturelle, garni d'un gros nœud et de deux plumes, était attaché sous le menton par un long voile de gaze crème, pour qu'il ne s'envole pas au vent de la course. Des gants de cuir brun presque masculins. On ne pouvait pas l'identifier. Les gravures vendues dans les rues n'en donnaient qu'une image grimaçante, bien éloignée de la réalité.

Elle serra Raoul dans ses bras et en profita pour lui mordiller l'oreille en glissant : « Merci, mon cœur ! »

Elle lui prit le bras et l'entraîna, presque gaie et insouciante, forçant un sourire sur une bouche déformée par deux plis amers, vers une voiture De Dion-Bouton, sans doute celle de son ex-futur gendre, munie d'un chauffeur en livrée, tenant la porte ouverte, la casquette à la main. Meg chutait de haut, mais en très grand style. Raoul se fit la réflexion, sordide mais perspicace, que le comte d'Arlon avait succombé à une opération de séduction. Il remplaçait sans doute l'amant en titre, l'honorable M. Borderel, qui avait refusé tout contact avec la presse et s'était retiré dans sa province, son château et sa famille, en ne payant plus un liard.

La voiture du comte d'Arlon les amena au Vert-Logis, où les attendait Mariette. Le chauffeur déposa un somptueux panier en osier, couvert d'une serviette immaculée, dans les replis de laquelle se devinait le goulot d'une bouteille, une grosse volaille, de la pâtisserie, une baguette. Puis la voiture repartit tout aussi majestueusement après que le chauffeur eut pris les ordres de Madame, qui consistaient à venir la rechercher à neuf heures du soir. Raoul comprit qu'il était astreint à un après-midi entier en tête-à-tête avec la « Pompadour de la République », qui avait sans doute des comptes à régler avec cette entité abstraite, représentée par sa modeste personne.

Néanmoins, le déjeuner fut gai, car ce temps de juin était mis au beau. Ils purent même manger dehors, sous un lilas en fleur qui répandait son parfum obsédant. Comme la bouteille de dom-pérignon y passa presque entière, Raoul finit par éprouver de la peine à se contrôler. Son corps était aux aguets. Jusqu'où irait ce rendez-vous ? Sa raison et ses sens lui envoyaient des ordres contradictoires. Il fallait résister à cette tempête qui agitait son corps. Mais s'il cédait aux avances de Meg, ne serait-il pas plus facile de lui tirer les vers du nez ? Ah ! Les excuses faciles qu'il se trouvait pour justifier ses pires égarements ! Il faudrait qu'il en parle à son directeur de conscience, l'abbé Mugnier. Selon lui, les péchés de la chair, pardonnables en général, n'étaient pas spécialement acceptables pour des raisons patriotiques. Raoul ne devait pas confondre l'alcôve Steinheil avec le champ d'honneur. La fidélité promise à sa fiancée Florence passait avant tous les impératifs de la France.

Ce fut cependant la belle qui initia le débat :

— Raoul, je ne porte pas des lunettes noires seulement parce que le soleil m'éblouit !

Elle les enleva dans un geste dramatique que Sarah Bernhardt n'eût pas désavoué et que Meg avait sans doute découvert au théâtre. Les lunettes de soleil remplissaient le même rôle que le masque vénitien, qui rend la femme d'autant plus mystérieuse qu'elle peut cesser de contrôler ses mimiques : écarté d'un geste lent, dévoilant des yeux totalement cachés, c'était une sorte de vêtement dont le retrait présageait une nudité plus complète encore.

Les yeux de Meg étaient battus, elle avait pleuré durant des heures ou bien elle avait fait ce qu'il fallait pour que cela paraisse ainsi. Raoul eut un mouvement de pitié, qu'il devait regretter. Il se leva, fit le tour de la table, rejoignit Meg et, l'aidant à se lever, il l'étreignit longtemps, tandis qu'elle sanglotait avec de brusques sursauts de son décolleté béant. Ému par ce contact et ravagé par cette vision, Raoul eut la faiblesse de murmurer à son oreille :

— Je te défendrai envers et contre tous.

En femme éminemment pratique, Meg explora aussitôt ce terrain propice.

— Que dois-je faire de mes bijoux ? J'ai déclaré leur vol, pour justifier l'existence de cambrioleurs, mais je les détiens toujours. Ils constituent une preuve contre moi, ils contredisent l'histoire que tu m'as suggéré de raconter. Je ne vais tout de même pas les jeter dans la Seine ! Je suis ruinée, ne l'oublie pas !

— Tout d'abord, je ne t'ai pas suggéré de parler des bijoux. Les billets de banque constituaient un butin suffisant pour justifier un vol.

— Mais j'avais pratiquement tout dépensé pour payer les commerçants des environs.

— Très bien. L'argent a donc disparu. Mais les bijoux, il fallait ne pas en parler.

— J'ai cru bien faire. Qu'est-ce que je fais maintenant ?

— Des bijoux, cela se démonte. Les pierres se vendent à part et l'or peut être fondu, énonça mollement Raoul.

— Pourrais-tu te charger de cette démarche ?

Raoul desserra son étreinte. Meg lui demandait de se livrer à une dangereuse escalade dans le crime. Il avait déjà falsifié des preuves pour raison d'État, mais il n'était pas prêt à devenir un receleur parce qu'il était séduit. Si la moindre trace était établie entre lui et ces bijoux, il risquait d'être accusé du meurtre, de se retrouver en cour d'assises et de terminer sous la guillotine, accompagné éventuellement par Arsène, qui proposerait de savantes contrepèteries jusqu'au dernier moment. Il avait assisté à suffisamment de procès criminels pour savoir que des innocents peuvent être condamnés sur un faisceau de preuves, dont aucune n'est séparément convaincante. Or, Raoul avait été l'amant de Meg, il s'était trouvé impasse Ronsin le soir du crime, il aurait pu avoir une altercation avec Adolphe Steinheil. Il suffirait qu'il soit surpris en possession des bijoux pour valider toutes les suppositions.

Il se dégagea, dans une sorte de réflexe vital. Les surnoms attribués à Meg n'étaient pas sans pertinence : cette femme répandait la mort autour d'elle, elle portait la poisse, elle constituait un chancre de la société.

— Pourquoi voudrais-tu que je fasse cela ?

— Parce que c'est toi qui as inventé cette histoire invraisemblable de voleurs. Le juge Laideret m'a déjà fait recommencer vingt fois le récit en m'interrogeant sur des détails que je dois inventer au fur et à mesure et dont je ne me souviens plus lors du récit suivant. Je n'arrête pas de me contredire. Il devient de plus en plus soupçonneux. S'il découvre ces bijoux, je serai inculpée.

— Meg, c'est toi qui m'as appelé au milieu de la nuit pour te sortir d'un pétrin où tu t'étais fourrée en acceptant ce rendez-vous avec les deux Anglais.

— Si j'avais appelé la police à ce moment-là, je ne risquais rien, mais la France était plongée dans un scandale épouvantable. J'ai agi selon ma conscience, par patriotisme.

Raoul hocha la tête. Supposer que Meg puisse avoir une conscience lui paraissait relever du conte de fées. Son patriotisme à elle se limitait aux finances qu'elle pouvait engranger, en se dévoyant pour vendre les croûtes de son mari ou en prenant prétexte de ce marchandage pour s'envoyer en l'air à tout bout de champ. Peut-être était-elle tout simplement une nymphomane, qui avait décidé de monnayer son penchant invétéré, par goût du luxe, pour se sentir désirée, pour paraître aux yeux du monde et pour exister aux siens.

Mais le tout était enveloppé, depuis si longtemps, d'un tel tissu de mensonges, de conventions, de propos de salon, de toilettes chics, de chapeaux à voilette, que cela en devenait plus qu'honorable : Meg se transformait, à ses propres yeux, en une épouse et une mère de famille, qui consentait aux plus grands sacrifices pour sauver son ménage de la ruine. Bien plus, elle acceptait de se déshonorer en personne pour sauver l'honneur de la nation. Elle imitait les héroïnes de ces romans geignards et vicieux que scribouillaient, avec le plus grand succès, des romanciers minables comme Gyp, Ohnet ou Bourget. Elle habitait le fantasme auquel les bourgeoises osaient à peine rêver. Au pucelage près, elle se voyait comme Jeanne d'Arc, sauvant la France, non plus en boutant les Anglais dehors mais en les invitant à minuit, les circonvenant par de savantes caresses et les enfermant dans une alliance érotique.

— Meg, tu me demandes, pour éviter un scandale, de courir le risque d'en déclencher un plus abominable encore. Si ces bijoux ne peuvent être revendus ou transformés, alors il faut vraiment que tu les jettes dans la Seine.

— Non. Il faut que l'Élysée les rachète avant que je les détruise.

Sur cette parole définitive, qui n'était pas dénuée d'une certaine logique, ils se quittèrent, sinon fâchés, du moins froissés, unis dans un complot plutôt que dans le plaisir, qu'ils ne partagèrent même pas. Privé de la voiture du comte d'Arlon qui ne reviendrait que le soir, Raoul fut obligé de retourner à pied jusqu'à la gare de Meudon, mais cette promenade lui fit du bien. La paix des sens s'achète occasionnellement par la fatigue des mollets.

Raoul obtint sans trop de peine la somme demandée, vingt mille francs, l'équivalent du traitement annuel d'un ambassadeur. Fallières ronchonna pour la forme, comme un papa gâteau qui cède à un caprice de son héritier. Secrètement, il admirait Raoul pour son sang-froid et sa détermination. Seul un aristocrate pouvait conjuguer ce réel dévouement à l'État et cette totale absence de scrupules. Raoul falsifiait la réalité avec la même bravoure que ses ancêtres avaient chargé à Crécy et Azincourt au cri de « Montjoie Saint-Denis ! » au risque de sa vie. Un bourgeois n'aurait pas eu cette inconscience.

Ainsi, tout comme le royaume de France tellement décrié, la République était réduite à rémunérer une courtisane, pour la seule raison qu'elle avait plu à un prince, qui était étranger de surcroît. Mais il existe une complicité de fait entre les puissants de tous les pays : les peuples aspirent à découvrir dans leurs maîtres des vertus qu'eux-mêmes ne pratiquent pas. Au besoin, il fallait que les puissants de toutes les nations couvrent chaque crime par un autre, sans limite dans l'enchaînement des forfaits. La République avait des raisons que la raison ne connaissait pas. Quant à la vertu, il n'en était question que dans les discours de Paul Deschanel. À force de tellement en parler, il finirait président de la République, mais sa cervelle creuse ne tiendrait pas le coup longtemps.

En échange des vingt mille francs, Meg accepta de se dessaisir des bijoux compromettants et, en prime, de la lettre de Boisdeffre. Elle remit cette dernière en main propre à Raoul, lors d'un rendez-vous au bois de Boulogne, où la voiture du comte d'Arlon et celle de Raoul se rangèrent près de la mare Saint-James, choisie par une délicate allusion au contexte britannique de cette affaire. Fallières enjoignit à Raoul de détruire cette lettre, sans même la lui montrer, pour qu'il puisse affirmer dans la suite ne l'avoir jamais vue. Raoul faillit même obéir, au point de placer la lettre convenablement chiffonnée dans le cendrier du bureau de son appartement. Au moment d'y mettre le feu, un réflexe de prudence le saisit. Sa carrière tourmentée dans les eaux du pouvoir suprême pouvait à tout moment le mettre en difficulté. La prévoyance commandait de garder ce document : Raoul ouvrit le tiroir secret de son secrétaire et y enfouit la lettre, convenablement défroissée, avec quelques autres papiers, qui n'auraient jamais dû s'y trouver. On n'est jamais trop circonspect. Il serait toujours temps de la détruire plus tard, si la nécessité s'en imposait.

En revanche, Raoul refusa de toucher aux bijoux qu'Arsène, plus courageux ou moins imaginatif, alla quérir à bicyclette par une nuit sans lune, au Vert-Logis à Meudon. Mariette lui remit un carton de Poivret, spécialiste de la chaussure sur mesure, sis 32, rue des Petits-Champs. On ne jetait pas les emballages dans la famille Steinheil, car on apprenait l'économie domestique dans l'Est.

Muni d'une loupe d'horloger, sous un réverbère du bois de Boulogne, Arsène vérifia le contenu du carton, très sommairement car celui-ci lui brûlait les doigts. Il y avait douze bagues et deux colliers de perles emballés dans des papiers de soie. Les montures étaient peut-être en or, mais les perles étaient fausses et les pierres présentaient des défauts qui avaient sans doute échappé à Meg, lorsqu'elle avait perçu ces breloques pour prix de ses faveurs. Le tout ne valait pas deux mille francs, mais la France n'en était pas à chipoter sur la rançon de l'Entente cordiale avec l'Angleterre. Arsène se déplaça symboliquement jusqu'au pont d'Austerlitz, pour laisser chuter cette joncaille dans la flotte, en gagnant ainsi une autre victoire pour son pays.

Le petit juge Laideret avait prévenu l'Élysée que l'affaire serait classée avant les vacances d'été. Le double crime de l'impasse Ronsin était donc en voie de règlement définitif, Meg semblait apaisée par un confortable matelas financier, lorsqu'une catastrophe se produisit le 23 juin. Un bijoutier du nom de Souloy, ami personnel du ménage Steinheil, se rendit en personne chez le chef de la Sûreté, Hamard, pour lui confier que Meg l'avait chargé de démonter des pierres précieuses et de fondre les montures d'une douzaine de bagues. Or la police avait transmis la liste des bijoux, qui avaient été déclarés comme volés, à tous les bijoutiers. Vérification faite, les bijoux prétendument dérobés et ceux remis à M. Souloy étaient identiques.

Ce fut le premier mensonge certain de Meg. Jérémie Laideret enfila sa redingote verdie par l'usage et se coiffa de son tube, en aussi mauvais état. Il débarqua chez le comte d'Arlon, où il fut reçu par une Meg impériale, qui parut méchamment ennuyée qu'un fonctionnaire loqueteux vienne la déranger pour une bagatelle. Oui, elle avait menti en prétendant que les bandits lui avaient dérobé des bijoux en arrachant les bagues de ses doigts. Non, elle ne dormait jamais avec ses bijoux, mais elle les rangeait au moment de se coucher dans un tiroir secret de sa coiffeuse. Non, les agents de la Sûreté conduits par M. Hamard en personne n'avaient pas trouvé ce tiroir, ce qui ne plaidait pas pour leurs capacités. Oui, elle avait remis ces bijoux, qu'elle ne pouvait bien évidemment plus porter, à ce faux ami qu'était M. Souloy, qu'elle croyait tenu par le secret professionnel. Oui, elle avait fait cette fausse déclaration parce qu'elle était ruinée, que les bijoux étaient assurés et qu'il fallait bien qu'elle défende l'avenir de sa fille, impossible à marier faute de dot. Non, elle ne regrettait rien, elle avait obéi à sa conscience en remplissant son devoir de mère.

Elle cloua définitivement le bec au petit juge :

— Vous-même, qui avez acheté deux tableaux d'Adolphe, devriez savoir par expérience personnelle tout ce que je faisais pour entretenir ma famille.

Jérémie Laideret rougit jusque derrière ses oreilles. Il ne poussa pas plus loin la piste des bijoux prétendument volés, mais il demanda à être déchargé du dossier pour « convenance personnelle ». Comme aucun de ses collègues ne désirait remorquer ce brûlot, le petit juge demeura en charge de l'affaire durant tout l'été, transpirant de plus en plus dans sa redingote toute saison.

Quand Raoul eut connaissance de cet incident catastrophique, il comprit que Meg n'était absolument pas fiable. Dans ses déclarations elle entretenait avec la vérité des rapports distants. Peut-être même ne percevait-elle plus tout à fait la réalité, mais vivait dans une sorte de roman, tissé par ses mensonges. Toujours est-il qu'elle avait vendu à la République des faux bijoux, conservé les vrais, essayé de toucher l'assurance puis de les revendre.

De son côté, Meg, qui était superbement indifférente à ce remue-ménage des enquêteurs officiels et officieux et qui commençait à se lasser du comte d'Arlon, partit passer l'été en Normandie en compagnie de sa fille Marthe et de la cuisinière Mariette Wolf. Elle fut suivie par une bande d'une dizaine d'amis, qui subvinrent collectivement à ses besoins estivaux. Elle en était réduite à faire la quête.

Le lendemain du défilé du 14 Juillet, Armand Fallières convoqua Raoul à neuf heures avant de partir pour sa résidence d'été de Mézin dans le Lot-et-Garonne. C'était l'entretien de tous les dangers. Raoul avait commis deux gaffes dans le traitement de cette affaire : découvrir la lettre de Boisdeffre et ne pas l'avoir détruite instantanément, sans même en faire mention au président Loubet ; se faire duper par la remise de bijoux contrefaits. Les deux faux pas avaient coûté vingt mille francs puisés dans les fonds secrets. Fallières appréciait Raoul, mais il pouvait aussi s'en lasser.

Neuf ans après cette soirée historique du 16 février 1899, où il avait gagné ses galons de préposé aux basses œuvres de la IIIe République, Raoul risquait de les perdre pour ces deux erreurs de jugement. Il ne s'assit donc pas dans le fauteuil Régence à tapisserie bleu et jaune, disposé rigoureusement au même endroit qu'à l'époque de son engagement, mais dont la garniture était légèrement défraîchie, tout comme sa propre réputation. Dans la chaleur lourde de ce 15 juillet, il arpentait l'antichambre à pas mesurés sous le regard désapprobateur de l'huissier, debout à côté de la porte derrière laquelle était enfermé Armand Fallières.

Il était toujours facile de refaire l'histoire après coup. Si Raoul ne s'était pas engagé et maintenu au service secret de l'Élysée, il serait déjà ingénieur principal aux Ponts et Chaussées ou conseiller référendaire à la Cour des comptes, qui venait d'être créée l'année précédente. Les planques ne manquaient pas dans la République. Avec un peu de chance initiale ou de patience, il se retrouverait de toute façon à Paris, où la vie valait vraiment la peine d'être vécue entre les salons, les théâtres, les ballets, les concerts, les expositions. Il aurait pu se caser au centre du monde sans s'exposer. Pourquoi courir des risques personnels pour sauver une République qui se traînait de scandale financier en affaire politique depuis 1870 ? Jamais régime aussi branlant et discrédité n'était demeuré aussi longtemps en place. Peut-être que Léon Daudet, Charles Maurras et François Coppée avaient raison de vouloir rétablir le royaume de France. Raoul y trouverait assurément une belle place, dans le gouvernement et dans l'armée.

Il travaillait à chasser ces pensées honteuses de son esprit, lorsque l'huissier annonça que le président était disponible.

— Mon jeunami, je devrais vous tirer les oreilles comme à un galopin qui a fait un trou dans sa culotte, mais je ne m'y résous pas. Vous avez couru de tels risques que je serais bien malavisé de vous reprocher d'avoir trébuché dans cette course insensée. Vous me direz donc tout, absolument tout, je l'oublierai dès que vous aurez franchi cette porte, comme si j'étais un curé dans son confessionnal.

Raoul eut un mouvement presque filial pour Fallières, cet homme si fin sous ses apparences pataudes. On le chansonnait dans les rues de Paris en insistant méchamment sur sa prétendue stupidité. Les vers des complaintes étaient tellement bien tournés qu'ils sentaient la patte des écrivaillons de droite, nettement marqués par leurs études classiques. Dans un éclair, le refrain lui revint d'une des scies entendues boulevard des Batignolles :

Mézin, Lot-et-Garonne, sois bénie
Ville qui prouve qu'un bon citoyen
Doué par le Ciel avec parcimonie
Ne doit jamais désespérer de rien.

Le peuple de Paris ne pouvait se résigner à être gouverné par quelqu'un d'ordinaire. Pour accepter l'oreille basse de lécher la main d'un véritable maître, il fallait que la France profonde y flaire le goût âcre du pouvoir despotique et le fumet acide de l'intelligence corrompue. Or Fallières était un père fondamentalement bon, légèrement écœuré par les corvées de sa charge et par les vilenies dont il était le témoin. Que Raoul accepte de jouer les égoutiers de la République lui paraissait déjà tellement étonnant qu'il s'en serait voulu de le décourager.

— Monsieur le président, tout se résume dans la personne de Marguerite Steinheil, qui est une femme dangereuse.

— Comment l'entendez-vous ?

— De toutes les façons. Physiquement d'abord. Elle est conservée d'une façon magnifique au point de paraître dix ans de moins que ses trente-neuf ans. Elle a un visage d'un ovale parfait, une denture impeccable, des cheveux châtain foncé avec des reflets cuivrés, de grands yeux mobiles, qui donnent à son visage selon la nécessité une expression effarouchée, étonnée ou énergique. Le timbre de sa voix est d'une douceur infinie. Elle a une façon inimitable d'accompagner ses explications par des mouvements de bras et de mains, très lents, très étudiés, qui donnent à sa personne un charme particulier.

— Et vous n'y avez donc pas résisté : comme je vous comprends ! Puisque vous êtes célibataire, je ne puis vous en blâmer. Mais encore ! Toute jolie femme – et Dieu sait si elles ne manquent pas à Paris – ne constitue pas un danger public de ce seul fait.

Fallières avait toute la délicatesse d'un véritable confesseur, anticipant les aveux les plus gênants pour les remplacer par des constats de bon sens. Il s'abstint aussi de commentaires sur la fonction éminemment utilitaire de cet amour mercenaire. Grâce à Raoul, l'Élysée avait gardé un contact avec cette personne redoutable, détentrice de secrets dangereux pour les institutions.

— Elle est tout aussi dangereuse par l'emprise qu'elle a gagnée sur le monde politique au niveau le plus élevé. Elle a été mêlée à la mort de Félix Faure et au crime d'Édouard VII. Cela peut difficilement passer pour une coïncidence, du moins dans mon esprit. Les journalistes tournent autour des deux événements comme un vol de vautours. Il leur manque des éléments essentiels, mais ils ne croient pas aux coïncidences de cette nature. C'est l'ombre portée par le 18 février 1899 qui rend impossible de classer le dossier du 31 mai 1908.

« Il n'y a qu'un seul lien entre ces deux affaires, Marguerite Steinheil elle-même, qui cache sous son charme un esprit aiguisé et une ambition sans limites. On ne peut éliminer aucune hypothèse. Il n'est pas impossible qu'elle ait empoisonné Félix Faure. Pas davantage, on ne peut exclure qu'elle ait été l'ordonnatrice de la mort de son mari et de sa mère. Elle est non seulement capable de commettre des crimes, mais aussi de les dissimuler efficacement sous des mensonges effrontés.

« Le coup des bijoux est révélateur. C'est une faille dans son système de dissimulation. Elle ne s'est pas rendu compte que des bijoux, déclarés comme volés, ne doivent pas être remis en circulation par l'intermédiaire d'un bijoutier ayant pignon sur rue. Elle ne connaît probablement pas de receleur, elle ne sait peut-être même pas qu'il en existe. Ce n'est pas une criminelle ordinaire, en relation avec le milieu interlope. C'est une bourgeoise, qui patauge dans la délinquance avec une certaine maladresse. Cette erreur de sa part m'a ouvert les yeux. Si elle est sans scrupules, elle n'est pas aussi sans une certaine naïveté. Avec elle, tout est possible, même l'inimaginable pour un esprit sensé.

« Elle fonctionne selon une logique où ses désirs deviennent des réalités, ses rêves des faits et ses mensonges des évidences. J'ai rencontré récemment Paul Léautaud, qui rédigeait son article quotidien à la *Closerie des Lilas*. Le sujet était non pas l'affaire, mais la dame. L'écrivain est un misogyne enragé. J'ai noté une phrase sur un sous-verre en carton. Vous permettez que je vous la lise ?

— Lisez, lisez ! J'aime les bons écrivains.

— Il dit ceci : « Toute la femme est bien là, au complet : hystérie, mensonge, comédie, duplicité, absence de sens moral, raisonnement faux, bêtise incommensurable qui la fait s'enferrer sur des détails saugrenus. » Nous avons tort de ne pas considérer cet aspect de Marguerite Steinheil.

— Ainsi il se pourrait qu'elle ait raconté que le crime a été commis par le roi lui-même, alors qu'il n'en est rien.

— Oui, il nous faut aussi envisager cette hypothèse à partir de maintenant. Qui a étranglé Adolphe Steinheil ? Le roi lui-même ou Lord Abinger ? Peu importe au fond dans cette affaire que le roi soit le meurtrier ou le complice ou même simple témoin : il aurait surtout fallu qu'il ne soit mêlé en rien à cette affaire et qu'il soit demeuré sagement à l'ambassade de Grande-Bretagne.

« Nous ne saurons jamais ce qu'il en est, car Marguerite Steinheil est seule à détenir la vérité. Ce que je sais pour l'avoir vérifié, ce sont les éléments suivants. Le soir du samedi 30 mai, peu de temps après que le roi eut quitté l'Élysée, un coup de téléphone a été donné à partir de l'ambassade du Royaume-Uni vers le domicile des Steinheil, impasse Ronsin. Nous l'avons vérifié auprès du service urbain des P.T.T., qui tient une comptabilité très soignée. Nous avons aussi découvert par les Renseignements généraux, dont deux inspecteurs étaient de service à l'ambassade, que le roi est sorti à minuit dans une voiture conduite par Lord Abinger, en refusant l'escorte des deux policiers. Il a l'habitude de ne se faire accompagner que d'un seul garde du corps, qui est du reste un thug et qu'il a recruté lors du premier voyage aux Indes effectué par un membre de la famille royale. Marguerite Steinheil a aussi pu me décrire de façon très précise l'uniforme que portait le roi.

— Pourquoi ne s'était-il pas mis en civil s'il voulait passer incognito ?

— Sans doute parce qu'il était pressé et qu'il n'était pas nécessaire de débarquer incognito impasse Ronsin. Je n'ai pas d'explication. Mais la description faite par Mme Steinheil était correcte et cela m'a beaucoup impressionné.

— Avez-vous envisagé l'hypothèse qu'elle se serait glissée dans la foule groupée à la sortie de l'ambassade ou à l'entrée de l'Élysée ? Elle l'a peut-être croisé sur le chemin.

— Difficile à imaginer, car j'accompagnais le roi durant ce trajet et j'aurais reconnu Meg. L'hypothèse la plus probable, c'est qu'elle a bien vu le roi impasse Ronsin. J'ai du reste une autre preuve, encore plus solide. Mais elle fait partie de nos activités les plus clandestines.

— Je vous écoute d'autant plus volontiers que j'oublierai ce que vous me direz aussitôt. Ce qui entrera par une oreille sortira par l'autre, mais dans la traversée de mon crâne, cela laissera une trace bénéfique. Je suppose qu'un verre de pineau vous ferait plaisir ?

— Si tôt, monsieur le président ? J'aurais crainte d'abuser.

— Ne faites pas l'effarouché ! Il y a des moments dans la vie où l'alcool est un moindre mal et, dans le métier que nous faisons, ces moments surgissent à toute heure. La décision politique ne s'organise pas. Le courage de continuer se trouve parfois au fond d'une bouteille. Pourvu qu'elle soit de qualité.

— Je n'en doute pas, dit Raoul, un peu las d'entendre cette ritournelle à chaque verre de pineau. Bien volontiers, dans ce cas.

Sans pousser sur le timbre posé sur son bureau, Fallières appela l'huissier d'une voix de stentor. Ensuite, ils burent cérémonieusement en portant un toast muet et complice.

— Fameux, n'est-ce pas ? Imaginez que cette bénédiction du ciel vient d'un de mes cousins, qui est vigneron dans la région de Cognac.

— Je ne savais pas, mais j'aurais dû l'imaginer, répondit Raoul auquel le président avait déjà fait au moins vingt fois cette pseudo-confidence.

Fallières vieillissait. Bien. Mais il vieillissait tout de même. La fenêtre était ouverte sur le parc. Il devait être dix heures du matin. Le soleil impérieux de l'été montait comme une flèche vers le zénith. Les oiseaux chantaient et les bourdons volaient comme de petits aéroplanes. L'Île-de-France déployait son charme. Si cet entretien se terminait comme il avait commencé, Raoul partirait le soir même pour Deauville, afin de retrouver sa fiancée, Florence de Luces, et de passer un été de plaisirs simples, la lecture dans un transatlantique sous un parasol face à la mer, la baignade à onze heures, le tennis à trois heures. Apaisé et confiant. « Tout Paris reposait, de Neuilly à Vincennes. »

— Pour aller au cœur de la preuve, apprenez, monsieur le président, que mon adjoint et moi-même n'avons pas abandonné la recherche de la lettre de Boisdeffre. À toutes fins utiles, si vous me comprenez. Cela signifie qu'Arsène Champigny passe inlassablement au peigne fin les deux domiciles Steinheil et qu'à de multiples reprises nous nous sommes fait ouvrir le coffre détenu par les époux au Crédit lyonnais. Pour les visites domiciliaires, Champigny se renseignait auprès des gardiens de l'impasse Ronsin ou du Vert-Logis, qui sont l'un et l'autre des indicateurs de la police, comme vous le savez, comme tout le monde le sait. On ne tient Paris que par ses concierges.

« Or, le samedi 30 mai, la famille Steinheil aurait dû quitter Paris pour Meudon. Elle n'a changé d'avis qu'au dernier moment, à cause de l'arrivée de Mme Japy, prévue le lendemain seulement. Si bien qu'Arsène, qui n'était pas prévenu de ce changement de plan, s'est rendu impasse Ronsin à minuit. Il a été surpris de constater que le salon du pavillon était encore éclairé. Il s'est tapi derrière un massif et il a vu arriver, dans la pénombre, deux hommes, qui ont échangé quelques mots en anglais.

— Le roi et Lord Abinger ?

— Très probablement. Il est alors revenu à mon appartement et il était à peine rentré que j'ai été alerté par Marguerite Steinheil au téléphone. Je me suis levé et j'ai découvert que Champigny était déjà vêtu et que la voiture se trouvait en ordre de marche au pied de l'immeuble. Il m'en a avoué, quelque temps plus tard, la véritable raison, son enquête nocturne. D'habitude, il ne me parle pas de ses visites domiciliaires. Moins nous en savons, lui et moi, sur ce qu'il n'est pas nécessaire de savoir, mieux cela vaut pour tout le monde. L'innocence se plaide d'autant mieux qu'elle s'adosse à l'ignorance. Mais, grâce à son initiative, nous disposons d'un indice certain.

Fallières prononça doucement comme s'il voulait que les murs chamarrés ne l'entendent même pas :

— Le roi se trouvait là où il n'aurait pas dû être. Même s'il n'est pas le meurtrier, il fut au moins le témoin de cette horreur et il aurait dû la dénoncer.

— S'il n'est pas le meurtrier, il a été le complice, monsieur le président. Un homme maintenait Adolphe Steinheil par-derrière tandis que l'autre l'étranglait.

— C'est horrible et cependant, pour le roi, ce n'est pas extraordinaire. Qu'est-ce qu'un crime personnel pour un chef d'État qui commande des armées et envoie à la mort tant de jeunes gens innocents et naïfs ? Ne suis-je pas, moi aussi, un criminel qui s'ignore ? Combien de jeunes Français sont morts dans nos colonies pour assurer la grandeur de la France et la fortune de nos industriels ? Et si l'Allemagne nous attaquait, je n'aurais pas le choix, c'est par millions que se compteraient les victimes ! Qui sommes-nous pour juger, mon jeunami ?

Raoul hocha la tête. Lui aussi, il se refusait à juger, mais il devait réussir à comprendre et il lui restait encore un long chemin à parcourir. Il vida distraitement son verre de pineau d'un seul trait.

VI

Le 31 octobre 1908, l'affaire Steinheil était toute prête à être classée, à moins qu'un élément neuf n'apparaisse à la dernière minute. Comme aucun effort n'était consenti par la police pour en trouver, cela ne pouvait se produire que par le plus extraordinaire des hasards. Le petit juge Jérémie Laideret estimait que le temps avait coulé au point qu'il pouvait classer l'affaire sans se faire trop mal voir, et passer à un dossier moins brûlant que celui-ci, qui impliquait une femme dont il avait été le minable amant au prix de deux toiles tellement médiocres qu'il en avait orné les chambres de ses domestiques.

Les journaux s'étaient lassés de remettre sans cesse l'ouvrage sur le métier, alors qu'aucun élément nouveau n'avait été découvert depuis plusieurs semaines. Il semblait de plus en plus évident qu'Adolphe Steinheil et Émilie Japy avaient bien été assassinés par des cambrioleurs, attirés par la grosse somme retirée par Meg à la banque dans la journée du samedi 30 mai. Par ailleurs, Marguerite Steinheil, ruinée par cette tragédie dont elle était une victime évidente, s'était livrée à une tentative d'escroquerie à l'assurance pour un prétendu vol de bijoux. Cette faute serait sanctionnée par un tribunal correctionnel, mais elle n'avait rien à voir avec le double meurtre. D'ailleurs, qui n'aurait agi comme elle, en fonction des impératifs de l'impérissable morale bourgeoise, qui se situe bien au-dessus des lois éphémères d'une République usurpatrice ? Comme cette femme de mœurs légères révélait soudain sa nature de gestionnaire avisée, elle n'était pas tout à fait mauvaise.

La presse avait d'autres chats à fouetter. L'Autriche venait d'annexer la Bosnie : cet empire, ennemi traditionnel de la France, agrandissait son territoire ; cela ne présageait rien de bon pour la suite ; le chef-lieu de cette province ignorée portait le nom barbare de Sarajevo. Ensuite, le Congo était passé du statut de propriété personnelle de Léopold II à celui de colonie belge : il eût mieux valu que la France récupère les droits de préemption qu'elle s'était réservés en 1884 lors du Congrès de Berlin ; comment la Belgique, sans tradition impériale, incapable de se gouverner elle-même, parviendrait-elle à gérer ce gigantesque territoire ? Cela finirait mal. Enfin le congrès du parti socialiste S.F.I.O. avait manifesté une redoutable unanimité lors de son congrès de Toulouse : la classe ouvrière aurait-elle atteint le niveau d'organisation où elle réclamerait sa part du pouvoir ? Il y avait de quoi s'alarmer car, en juin, s'étaient déroulées des grèves violentes à Villeneuve-Saint-Georges ; une bataille de rue à Draveil-Vigneux avait opposé la troupe et les manifestants retranchés derrière de véritables barricades avec quatre morts parmi les ouvriers et deux parmi les soldats ; heureusement Clemenceau veillait au grain et avait fait emprisonner les secrétaires de la C.G.T. Ainsi démantelée, cette organisation subversive finirait certainement par disparaître. Enfin, on pouvait toujours l'espérer ! Ce Clemenceau était décidément meilleur qu'on ne le croyait : une fois passé de l'opposition au gouvernement, il s'était révélé comme un remarquable briseur de grèves. Les meilleurs gardes-chasses se recrutent parmi les braconniers repentis.

« Tout Paris reposait, de Neuilly à Vincennes », se répétait Raoul, tombé dans une bienheureuse insouciance. Chaque dimanche, il déjeunait dans sa future belle-famille. Mme de Luces lui apparaissait de plus en plus comme une mère abusive, mais sa fille Florence était délicieuse, sans doute trop timide et réservée, ce qui valait mieux que l'inverse. Mieux encore, leur cuisinière avait du talent pour mijoter le coq au vin, préparer les filets de soles à la normande et caraméliser de merveilleuses tartes Tatin. La cave était remarquable et tous les alcools, calvados, cognac et rhum, hors d'âge.

Braque venait de subir une rebuffade : son premier tableau cubiste, les *Maisons à L'Estaque*, avait été refusé au Salon d'automne, dont le but était cependant d'amender l'académisme du Salon officiel. Raoul parvint à acheter ce qu'il estimait être un chef-d'œuvre. Ce fut son plus bel investissement, même s'il lui fallut attendre plus de vingt ans avant qu'il puisse en retirer le bénéfice, c'est-à-dire de quoi financer la restauration de la toiture de son château par la seule vente du tableau.

Or, ce 31 octobre, Meg fit une rentrée tapageuse dans l'actualité en publiant une lettre exclusive en première page de *L'Écho de Paris*. Elle accusait le chef de la Sûreté, M. Hamard, de négliger délibérément la piste des lévites du Théâtre hébreu. Raoul ne broncha pas : il estima que l'on se trouvait dans la queue de l'ouragan et que cette ultime tentative de

Meg pour faire parler d'elle s'étiolerait dans le brouhaha de la saison parisienne. Mais le 7 novembre, elle récidiva en se portant partie civile dans une lettre adressée au pauvre Jérémie Laideret qui, en la lisant, devint aussi verdâtre que sa redingote râpée. À son corps défendant, il lui fallait remettre l'ouvrage sur le métier et rouvrir cette boîte de Pandore, d'où pouvaient s'échapper tous les malheurs du monde, à commencer par le seul qui puisse le toucher, sa propre révocation.

Dès que les policiers se remirent sérieusement sur la piste, ils identifièrent un Américain du nom de Burlingham, qui avait effectivement loué les lévites noires, quelques jours avant qu'elles soient volées au Théâtre hébreu. Il barbouillait des toiles grossières, qui trottinaient derrière l'avant-garde sans jamais la rattraper. Sur une photo, Meg reconnut Burlingham comme étant un de ses agresseurs. Mais l'identification fut réalisée de la façon la plus maladroite : les policiers n'eurent pas l'astuce élémentaire de présenter cette photo au milieu d'autres. Par une étrange coïncidence, l'amie de Burlingham se trouvait être une comédienne rousse légèrement édentée. La piste semblait donc sérieuse.

De son côté, Raoul devint réellement inquiet. À partir d'une histoire inventée de toutes pièces par Arsène dans la nuit du 30 au 31 mai, la police était en train de découvrir un faux coupable, qui pouvait finir sous la guillotine s'il se défendait mal. Par une ironie de la petite histoire, Raoul risquait de déclencher une nouvelle affaire Dreyfus en essayant de dissimuler une seconde affaire d'État, qui n'était qu'une lointaine conséquence de la première, tant il est vrai qu'il est impossible de disculper un vrai coupable sans en produire de faux. Un bon mensonge doit faire beaucoup d'usage, sans qu'on soit obligé de l'étayer par une chaîne continue de mystifications, qui finit par se rompre. L'affaire Steinheil ressemblait toujours davantage au maillon le plus faible des tromperies qu'il élaborait en série.

Burlingham demeura d'abord introuvable. C'était une sorte de bohème, vivant d'expédients, disparu de Paris depuis plusieurs semaines. De plus en plus, il constituait un coupable plausible. La police, si bien organisée à Paris, ne possédait pas de moyens suffisants en province, sinon dans quelques grandes villes. La gendarmerie ne s'occupait pas de ce genre d'affaires. Ce fut Arsène qui localisa l'Américain le 10 novembre, en actionnant les réseaux interlopes, avec lesquels il avait gardé des rapports privilégiés. Depuis plusieurs jours, Burlingham logeait dans un hôtel misérable en face de la gare de Dijon. Il s'efforçait de mettre l'ex-comédienne rousse et édentée sur le trottoir, afin de vivre de ses rentes. Les maquereaux dijonnais, légitimement outrés de cette violation des conventions les plus respectables, le dénoncèrent sans aucun scrupule.

Au petit jour du 11 novembre, froid et brumeux, Raoul débarqua dans la sinistre gare de Dijon. Il gravit un escalier d'hôtel borgne, qui sentait la crotte de souris et la vomissure d'ivrogne. Sur la porte de la chambre 4 était punaisé un carton découpé dans l'emballage d'un laxatif bien connu, les Grains de Vals. Il portait griffonné en anglais l'avertissement : « Cette chambre est occupée par Ronald Jr. Burlingham, citoyen des États-Unis d'Amérique, placé sous la protection de son ambassade. » Un ronflement sonore traversait la porte trop mince. Comme elle n'était pas fermée à clé, Raoul l'ouvrit. Burlingham était couché en travers du lit, une bouteille d'absinthe vide dans sa main droite.

Il redevint lucide vers dix heures du matin à force d'aspersion d'eau froide et d'absorption de café noir. Raoul bénit sa propre maîtrise de l'anglais, qui lui permit de s'entendre avec un homme joyeusement insouciant, à mille lieues de s'imaginer qu'il était recherché par la police. Burlingham, qui n'était pas bête, comprit tout de suite le danger qu'il courait, sans trop saisir pourquoi ce monsieur si bien habillé était venu de Paris pour l'en avertir. Bien entendu, en ce mois de novembre il ne se souvenait absolument plus de ce qu'il avait fait la nuit du 30 au 31 mai : le contraire eût été suspect. Il fallait donc que Raoul lui fabrique un alibi sur mesure. En revanche, Ronald Jr. Burlingham se rappelait avoir loué les lévites pour aller au bal des quat'zarts à Montmartre le soir même de la location, c'est-à-dire le 16 mai. Il avait rendu les vêtements à la boutique du costumier le lendemain et il ne les avait plus jamais revus. Par ailleurs, il admettait avoir fréquenté l'exposition Steinheil au mois d'avril et connaître les lieux de l'impasse Ronsin. Il devenait encore plus urgent de créer un alibi.

En laissant l'Américain cuver le reste d'absinthe qui circulait dans son sang, Raoul descendit l'escalier sordide pour s'entretenir avec le taulier, un brave qui avait fait la conquête de la Tunisie et qui y avait abîmé son bras droit réduit à l'état de moignon. Il sympathisa avec Raoul, qui y avait perdu davantage en la personne de son père. Au vu de l'ordre de mission à l'en-tête de l'Élysée, le vieil homme se mit carrément au garde-à-vous et salua, avec sa main gauche, Raoul Thibaut de Mézières, dont la qualité de capitaine du génie était attestée par le document. Sans entrer dans aucun détail, Raoul lui demanda d'inscrire Burlingham dans son registre pour la nuit du 30 au 31 mai. Le logeur accepta sans poser de questions.

Raoul retourna par le premier train à Paris, après avoir expliqué à Burlingham quelle devait être sa ligne de défense. Il fit donner par Arsène un coup de téléphone anonyme au *Matin*, dont un journaliste appelé plaisamment Cornu continuait à se passionner pour l'affaire. Le lendemain, Cornu était à Dijon et interrogeait Burlingham, qui exhiba son alibi et justifia la location des lévites. Le journaliste se fendit d'un article en première page du *Matin*, qui innocentait totalement Burlingham. La police interrogea ce dernier pour la forme, vérifia le registre de l'hôtel, tenu impeccablement par un invalide porteur de la médaille d'Outre-Mer, et tendit ensuite un piège à Meg.

Dissimulée dans une voiture en compagnie d'un inspecteur à la sortie de la gare de Lyon, elle fut invitée à reconnaître Burlingham que l'on avait ramené à Paris, attaché par des menottes à un gendarme en uniforme. Quand le couple passa ostensiblement devant la voiture, non seulement Meg reconnut à nouveau l'Américain comme étant un de ses assaillants, mais elle simula avec beaucoup de talent un évanouissement prolongé, dont elle ne sortit qu'avec des sels sous le nez. Ensuite, elle dut subir un entretien très pénible avec le petit juge Laideret, qui reprenait du poil de la bête au fur et à mesure que Meg s'enferrait dans de fausses dénonciations. Il la laissa cependant sortir librement de son cabinet.

Raoul refila un billet de cent francs, pris sur les fonds secrets, à Burlingham et lui paya, en compagnie d'Arsène, un solide gueuleton au *Procope*. En dévorant comme un fauve, le type raconta son passage au bal des quat'zarts, où il avait parodié une célébration dans une synagogue avec ses deux copains également déguisés. Il repartit ensuite vers Dijon, pour exploiter quelques arpents de trottoir dijonnais qu'il louerait à ses collègues proxénètes avec les cent francs provenant du Trésor public.

Raoul estima qu'il avait alloué assez de son précieux temps à la République et demanda un congé de récupération à partir du 15 novembre. Le petit juge Jérémie Laideret lui confirma par téléphone qu'il comptait à nouveau classer l'affaire et que l'Élysée pouvait être totalement rassuré : Mme Steinheil ne serait plus inquiétée, sinon pour son escroquerie à l'assurance ; son passé élyséen ne serait pas évoqué. On ne pouvait pas vraiment lui reprocher une fausse identification, car c'était monnaie courante. Tous les témoins se trompent et, plus il y en a, plus ils se contredisent.

Sans bouger de son appartement, Raoul comptait alterner entre l'étude de deux partitions de Ravel, *Ma mère l'Oye* et *Gaspard de la nuit*, et la lecture des *Propos* d'Alain. Comme le froid était devenu sec et piquant, Félicie cuisinait des oies, des chapons et des dindonneaux, ainsi qu'il convient en cette saison. L'obscurité tombant très tôt, son patron n'avait guère envie de sortir, sinon pour faire un tour à cheval au Bois. Il jouissait de tout avec modération, en organisant ses journées comme autant de petits chefs-d'œuvre. Arsène se livrait à des activités souterraines, dont son patron préférait ne rien savoir, sachant qu'elles seraient fructueuses, sans qu'il soit nécessaire qu'il s'y compromette.

Mais il n'eut que cinq jours de répit, avant de recevoir le 20 novembre au matin un coup de téléphone affolé de Jérémie Laideret et de recommencer à trembler. Il se précipita au Palais de Justice. Quand Raoul pénétra dans le cabinet du juge, Meg, très agitée, se trouvait face à un Laideret de plus en plus verdâtre. Elle tendit une main impériale à Raoul, qui s'inclina et se garda de la baiser de trop près. Laideret se racla longuement la gorge et articula enfin :

— Selon Mme Steinheil, son valet Rémy Couillard aurait trempé dans l'affaire. Elle lui a confisqué son portefeuille, parce que ledit valet aurait négligé de porter une lettre de sa fille Marthe au fiancé de celle-ci. Il semble que ce Couillard porte un amour impossible à la fille de sa patronne, qu'il est fétichiste et qu'il vole des objets appartenant à l'objet de sa flamme inavouable. Le portefeuille contenait bien la lettre, qui est ici sur mon bureau, mais aussi une perle, qui faisait partie de la liste des bijoux volés mais ne se trouvait pas parmi ceux déposés chez le bijoutier Souloy. Il y aurait donc tout de même eu vol d'une partie des bijoux, selon Mme Steinheil, qui revient partiellement sur ses aveux précédents.

« Ainsi, ce Couillard aurait servi de complice aux bandits qui ont pénétré, je vous le rappelle, sans effraction dans la maison. Il leur aurait ouvert une porte-fenêtre donnant sur le jardin et puis il serait remonté dans sa chambre. Il nous avait toujours semblé suspect que cet individu ait continué à dormir sous les combles, sans être réveillé par tout le tapage que le double meurtre a dû produire au premier étage. Il a déjà été arrêté par la police judiciaire et il est interrogé pour l'instant quai des Orfèvres. Qu'il avoue ou non, nous aurons fait un grand pas dans l'enquête. Dans un sens ou dans un autre.

Il se frotta méchamment les mains, qui étaient sèches et décharnées. Cela fit un bruit très désagréable. Raoul sentit son front se couvrir d'une sueur froide. Meg était en train de s'enfoncer et, en se débattant sans aucune raison sérieuse contre une accusation qui ne la visait pas, elle risquait de l'entraîner dans sa perte. Meg était-elle devenue folle ?

Raoul la contempla sans rien dire. Elle souriait légèrement, comme si elle avait enfin trouvé le fin mot de l'énigme, toute seule, comme une grande. Elle était cependant plus pâle que d'habitude. À ce trait Raoul décela qu'elle comprenait les risques courus. Elle jouait quitte ou double, en spéculant sur la bêtise ou la complaisance de Jérémie Laideret. Elle n'éprouvait aucun scrupule, en impliquant un innocent et en risquant de le faire éventuellement condamner. Ce n'était même pas pour se disculper, puisqu'elle n'était pas accusée. Elle s'imaginait sans doute que, Couillard condamné et exécuté, le terrible secret du double crime serait enterré avec le faux coupable. Mais elle sous-estimait grossièrement la police et la justice, parce qu'elle n'avait jamais eu affaire à ces institutions. Peut-être son véritable objectif était-il de se remettre à tout prix sous les feux de l'actualité, au risque de passer elle-même en cour d'assises.

Faute de comprendre la démarche insensée de Meg, Raoul parvint enfin à articuler une question, pour tenter de noyer l'affaire :

— Monsieur le juge, cette perle fait-elle bien partie des bijoux de Mme Steinheil ? Peut-être est-ce une fausse perle que ce brave garçon songeait à offrir à une fille quelconque.

— Monsieur Thibaut de Mézières, je me suis évidemment posé la même question et j'ai convoqué par ailleurs le bijoutier Souloy. La perle n'est plus dans mon bureau, mais entre ses mains : il procède à une expertise et me rappellera par téléphone dès qu'il sera arrivé à une conclusion. J'ai une autre affaire en cours. Puis-je vous demander d'accompagner Mme Steinheil dans la salle d'attente ? Je vous ferai appeler dès que le résultat de l'expertise me sera transmis.

La salle d'attente était sinistre, comme si les murs et les meubles s'étaient imprégnés de la sueur d'angoisse des coupables, qui y avaient passé leurs dernières minutes de liberté. Jusqu'à mi-hauteur, la peinture des murs était d'un brun soutenu. La partie supérieure était badigeonnée grossièrement d'un beige qui passait par toutes les nuances possibles entre le jaune et le gris, selon l'exposition à la lumière et la dégradation par le temps. Il n'y avait que des bancs et un sol de ciment. Cela sentait déjà sa prison. Raoul frémit. Si Meg paniquait, confondue par son mensonge, inculpée séance tenante, menacée d'être conduite à Saint-Lazare, elle pouvait passer de véritables aveux. Lui-même sortirait-il libre du Palais de Justice ?

Il n'y avait pas moyen de parler ouvertement, de la convaincre, de lui suggérer une échappatoire, à cause du passage incessant de gendarmes et de prévenus ainsi que de l'huissier installé derrière un bureau minuscule à quelques mètres. Il restait le langage des yeux, les mimiques de la bouche, une prière silencieuse à un Dieu bien lointain de cette sordide affaire. Finalement, Raoul articula à mi-voix :

— Pourquoi ?

Elle sourit, presque triomphante :

— Si je vous le disais, vous ne comprendriez pas. Faites-moi confiance. Je suis à mon affaire.

Et elle se referma sur son secret derrière un sourire qui ne s'effaça pas. Elle prenait plaisir à la situation. Elle l'avait provoquée. Si elle s'était tue, si elle était restée tranquille, l'affaire aurait été classée. Raoul comprit à ce moment-là que Meg ne voulait pas que l'affaire soit classée et qu'elle poursuivait une surenchère folle, de mensonge en mensonge, qui l'amènerait inévitablement devant un tribunal. C'était donc son véritable but. Mais pourquoi ?

Il reçut un embryon de réponse, qu'il aurait du reste pu imaginer, tant Meg était perpétuellement animée par le même mobile.

— Mon cher Raoul, je suis littéralement à bout de ressources. Comme le comte d'Arlon s'est lassé de moi, je loge impasse Ronsin, mais dans mon sac je n'ai même pas de quoi y retourner en fiacre, à supposer que ce brave M. Laideret m'y autorise. S'il me fait conduire à Saint-Lazare, je disposerai au moins du gîte et du couvert. Si, au contraire, la République tient à ma liberté, c'est-à-dire à mon silence, il faudrait qu'elle m'assure un train de vie décent, à commencer par un moyen de déplacement.

— C'est d'accord, souffla Raoul, qui lui glissa un billet de vingt francs prélevé dans son portefeuille.

— Merci, mon ami, je vous le revaudrai.

Elle le vouvoyait à nouveau. Elle ramena ses pieds sous ses jupes, car une souris trottinait allégrement à travers la salle d'attente. Pour occuper son esprit angoissé, Raoul laissa son imagination s'égarer sur les dynasties de rongeurs peuplant les geôles françaises. Elles devaient remonter au Moyen Âge et se perpétuer en ces lieux augustes, où elles ne risquaient guère de rencontrer un chat. Pour chasser la morosité, il se mit à rêver davantage. Peut-être que les souris de l'île de la Cité constituaient une sorte d'aristocratie dans la vaste population parisienne, une race à part. Tout comme lui, Raoul Thibaut de Mézières, dont le plus lointain ancêtre connu avait escaladé les remparts de Jérusalem le 15 juillet 1099 en deuxième position après Godefroi de Bouillon.

L'huissier le sortit de son rêve.

— Monsieur le juge vous attend.

Jérémie Laideret avait l'air trop satisfait pour que la nouvelle soit bonne. Il frotta à nouveau ses deux mains parcheminées avec un bruit affreux :

— Madame, vous en avez menti. La perle en question a bien été confiée par vous au bijoutier Souloy : elle faisait partie des bijoux que vous lui aviez demandé de revendre. Il est absolument impossible que Couillard vous l'ait dérobée la nuit du crime. Comme elle vous a été rendue par le bijoutier Souloy, c'est vous qui l'avez ensuite dissimulée dans le portefeuille de ce pauvre garçon en lui faisant courir le risque de l'échafaud. Votre insistance à égarer une seconde fois la justice constitue pour moi la preuve que vous cachez la vérité. Je vous adjure une dernière fois de passer aux aveux.

— J'ai accusé Couillard pour détourner les soupçons.

— Lesquels ?

— Vous ne comprendriez pas.

— Personne ne peut comprendre en effet que vous relanciez une affaire qui était pratiquement classée et que vous attiriez sur vous des soupçons par le seul jeu de vos mensonges à répétition.

— Vous ne comprendriez pas.

— J'ai bien compris que je suis incapable de comprendre.

Meg fit une grimace bizarre. Ce petit juge avait de l'esprit. Elle devait passer par ses conditions. Elle fit un geste théâtral de ses deux mains gantées et prononça sur un ton pathétique :

— Je vais tout vous dire !

— Le meurtrier est Alexandre Wolf, le fils de ma cuisinière Mariette, une fille-mère que j'ai recueillie par pure charité. Elle a mis son enfant en nourrice, mais il venait de temps en temps impasse Ronsin. C'était déjà un gamin vicieux qui me dévorait des yeux, regardait par les trous de serrure, chipotait ma lingerie. J'ai bien dû le gifler une douzaine de fois pour châtier des gestes inconvenants. Mais quand il est parti au service militaire, tout a changé. Il est revenu caporal avec un joli galon rouge sur la manche.

« Je le confesse : j'ai une faiblesse pour les militaires. Dans cet état, l'homme atteint sa véritable nature, il reçoit le droit de tuer, on lui en apprend les moyens, on lui en fait un devoir. Aucune femme ne peut devenir soldat, c'est significatif, ne trouvez-vous pas ? Une véritable femme ne peut donc pas se refuser à un militaire, un homme véritable, parce qu'on lui a appris à plonger une baïonnette dans le ventre de son ennemi. On ne peut qu'être prête à se rendre à lui.

« Je lui ai donc cédé, comment dire, presque par patriotisme. À son âge, le désir est puissant. Ce jeune homme m'a comblée. Sous le prétexte de repeindre le Vert-Logis à Meudon, je l'y ai installé et je le rejoignais. Il n'était pas question d'amour entre nous, vous pensez bien, mais d'une passion animale qui dépassait toutes les convenances. Mon mari et mes amants ne m'ont jamais satisfaite, parce que le cœur n'y était pas. Vous comprenez cela, monsieur le juge, n'est-ce pas ? Une vraie femme a du cœur et si elle ne le donne pas à un amant lors d'une étreinte, celui-ci abuse d'elle, s'amuse d'elle mais ne lui donne aucune satisfaction, parce que c'est physiquement impossible. Je restais de marbre, comme une statue de glace, entre les bras de ceux qui payaient et je payais Alexandre pour qu'il me fasse fondre.

« Bien entendu, il ne pouvait acheter les toiles d'Adolphe. C'est moi, au contraire, qui lui donnais quelques pièces pour que, de retour dans sa garnison, il puisse se payer quelques menus plaisirs. Revenu du service, il est devenu maquignon et, ma foi, il s'est assez bien tiré d'affaire. Il a épousé une chanteuse de café-concert, toute rousse, ce qui m'a donné l'idée de parler d'une femme répondant à ce signalement, lorsque j'ai décrit la bande qui m'a cambriolée.

« Alexandre, je l'appelle Alex pour faire court, a plaqué sa femme et m'est revenu. Toujours au Vert-Logis, selon ma règle inflexible : pas d'amant impasse Ronsin. Il jouait aux courses, courait les cafés et entretenait l'une ou l'autre gueuse pour satisfaire ses besoins immédiats, parce que je n'étais pas disponible à la cadence qu'il souhaitait.

« Le 30 mai au soir, après que mon mari et ma mère se furent endormis, j'ai reçu sa visite. Il gratta à la porte-fenêtre du salon, je lui ai ouvert en le gourmandant de son audace, il m'a demandé de l'argent, beaucoup d'argent parce qu'il avait une dette de jeu envers un mauvais garçon, qui menaçait de lui faire un méchant parti. Alex savait que j'avais de l'argent, provenant de la vente des tableaux lors de l'exposition. Il l'avait visitée, parce qu'il avait servi de modèle à Adolphe dans une étude d'*Hercule aux pieds d'Omphale*.

« Il a commencé à me secouer méchamment. Ce n'était pas la première fois. Souvent dans nos relations, il se mettait en colère et me battait. Mais avec délicatesse : pas de coups à la figure qui eussent été visibles. Cela ne me déplaisait pas tout à fait, pour une raison que vous m'autoriserez à garder pour moi. Mais il y allait trop fort. J'ai crié. Adolphe est descendu avec sa canne-épée qu'il n'a pas eu le temps de dégainer. Alexandre, qui est une force de la nature, l'a saisi à la gorge, a serré au point que j'ai entendu des os craquer. À ce moment, ma mère est arrivée à son tour et est morte de saisissement.

« Alex m'a fait grâce de la vie en me faisant jurer sur la tête de Marthe que je ne dirais jamais ce que je suis en train de vous raconter. Je m'y suis résolue uniquement parce que vous m'y avez forcée. Il m'a ligotée sur mon lit en imitant les fantaisies d'une bande qui sévissait dans le sud de Paris : ficelle sur les orteils et corde autour du cou. Il a traîné les cadavres de mon mari et de ma mère au premier étage. Il a pris l'argent dans la commode de la chambre. Il a abusé de moi une dernière fois et m'a abandonnée sans même me recouvrir. C'est ainsi que Rémy Couillard m'a découverte.

Tout était faux, mais tellement bien raconté que Raoul lui-même s'y laissa prendre un moment. Meg ressemblait à cette princesse Shéhérazade, qui racontait chaque nuit une histoire palpitante au sultan pour ne pas être exécutée au lever du jour. Jérémie Laideret, qui ne ressemblait pas au sultan des *Mille et Une Nuits*, même de loin, avait gardé une certaine naïveté. Il se laissa prendre par ce roman-feuilleton, digne des *Mystères de Paris* de l'immortel Eugène Sue, dont il avait fait ses délices dans sa jeunesse et qui avaient déclenché sa vocation de juge.

Le récit était de bon aloi : une bourgeoise vicieuse succombait à l'attrait viril d'un homme du peuple, qui la faisait chanter et qui tuait le mari dans une altercation. Raoul se dit tout d'abord que cette fable constituait peut-être une version quasi véridique. Puis il se ressaisit. Le ligotage avait été effectué par Arsène, sous ses propres yeux. Aux alentours de minuit, deux Anglais avaient pénétré dans l'impasse Ronsin. Arsène les avait entrevus et surtout entendus parler dans leur langue. Il avait fallu deux hommes pour que l'un empoigne Adolphe Steinheil par-derrière, tandis que l'autre l'étranglait. Après Burlingham et Couillard, Alexandre Wolf était le troisième faux coupable que Meg dénonçait. Combien de temps faudrait-il à Laideret pour découvrir son innocence ? Et s'il ne la découvrait pas, si Wolf n'avait pas d'alibi à exhiber spontanément, il faudrait à nouveau en créer un faux, avec tous les risques que cela impliquait. Raoul était au bord d'un abîme dans lequel le moindre faux pas le précipiterait.

Pour l'instant Meg fut à nouveau écartée dans la salle d'attente. Raoul se sentit obligé de l'y accompagner. Cela surprit quelque peu le juge Laideret, qui s'excusa du temps que prendrait une vérification élémentaire. Avant de convoquer Alexandre Wolf sur la seule base d'une accusation peut-être fallacieuse, il descendrait en personne au sommier judiciaire du quai des Orfèvres pour découvrir si l'individu en question avait des antécédents. Comme le sommier comportait huit millions de fiches, dont certaines remontaient à 1790, cela pouvait prendre un certain temps. Heureusement le nom de Wolf n'était pas tellement courant.

— Pensez à la tâche impossible que représente l'identification d'un suspect appelé Martin, alors que cinquante mille fiches correspondent à ce patronyme.

Raoul grimaça un sourire et escorta Meg vers l'abominable salle d'attente. Un agent leur apporta un casse-croûte sommaire, composé d'un sandwich au jambon et de deux verres de bière. Cela sentait de plus en plus l'interrogatoire ultime, qui risquait de se prolonger toute la nuit.

Après trois heures d'attente mortelle, ils furent introduits à nouveau dans le cabinet de Jérémie Laideret qui se frottait les mains avec une telle vigueur que Raoul s'attendait à en voir jaillir des étincelles.

— Madame, le choix de ce nouveau coupable fait tout d'abord honneur à votre jugement : le nommé Alexandre Wolf est un mauvais sujet, coutumier d'esclandres dans les bistrots et de voies de fait sur des compagnons de beuverie. Il a déjà reçu trois condamnations pour coups et blessures sans préméditation, ivresse sur la voie publique et rébellion contre la force publique. La dernière fois, son adversaire s'est retrouvé à l'hôpital avec une clavicule cassée et un de nos agents, venu arrêter cet énergumène, a eu une semaine d'arrêt de travail pour un coup de pied dans les parties. Vous connaissiez sans doute ces incidents et escomptiez qu'ils en fassent un assassin plausible.

Il s'arrêta et la dévisagea avec un air de triomphe :

— Mais vous n'avez pas de chance. Suite à ce dernier incident, le sieur Wolf a été condamné à trois mois de prison. Il était sous les verrous durant la nuit du 30 au 31 mai. Vous venez de dépasser les bornes. Je vous inculpe donc non seulement de faux témoignage et d'outrage à magistrat, mais aussi de complicité de meurtre. Vous n'auriez pas inventé trois faux coupables si vous n'aviez pas le souci constant de couvrir le véritable assassin, que vous connaissez donc. Ou bien vous le dénoncez séance tenante, ou bien vous ne sortez pas libre de cette pièce. Il me suffit de signer un mandat de dépôt.

Meg rassembla ses jupes et ses esprits, dans le même mouvement instinctif des mains crispées sur ses genoux.

— Je me suis trompée, monsieur le juge, j'ai cru le reconnaître. Il a sans doute un sosie qui est le véritable auteur du crime.

Cette réponse était tellement démente que Jérémie Laideret mit un certain temps pour reprendre ses esprits. Les malfaiteurs ordinaires mentaient de façon plausible : avec cette bourgeoise débauchée, il avait affaire à une criminelle extravagante, qui avait tout fait pour se faire inculper au lieu de se tenir tranquillement à sa version initiale. Il poussa sur un timbre et, quelques minutes plus tard, Meg sortait la tête haute et les mains entravées, tenant son sac comme un ultime souvenir de sa vie de femme trop libre. Elle ne jeta pas un regard sur Raoul et partit légèrement, comme si elle allait faire une tournée des magasins de mode.

Les deux hommes restèrent seuls, accablés par cette journée avec une femme dont la séduction cachait une insolence sans limites. Meg les avait épuisés, l'un comme l'autre, mais pour des raisons différentes. Au bout de plusieurs minutes de silence, Jérémie Laideret poussa un long soupir :

— Vous témoignerez auprès de M. le président de la République que j'ai entrepris tout ce que j'ai pu pour que cette affaire soit classée. Mais je n'ai jamais rencontré une personne aussi déterminée à se faire inculper. Je n'y comprends rien, sinon que je me serais bien passé d'instruire ce dossier. J'ai pourtant toujours fait mon travail avec conscience et me voilà, à quelques mois de recevoir un avancement bien mérité, jeté en pâture à la presse et aux chansonniers. Plaignez-moi plutôt que de me blâmer !

En rentrant dans son appartement, Raoul éprouva le besoin de raconter à Arsène dans le menu détail cette journée qui le laissait totalement perplexe. Son adjoint avait souvent des illuminations, qui provenaient de son expérience antérieure des milieux du crime. Mais Arsène se contenta de laisser tomber une formule toute faite :

— Qui aurait cru que Jérémie gémirait ?

VII

Le lendemain de cette mémorable séance chez Jérémie Laideret, en arrivant à l'Élysée, Raoul trouva, sur son bureau, un message demandant qu'il se rende chez le président au plus tôt. Il consacra néanmoins quelques minutes à rectifier sa tenue et à rassembler ses idées, car il fallait qu'il se présente dans les meilleures conditions. Fallières pouvait légitimement être exaspéré par ce qui venait d'arriver. Bien que ce ne fût en rien la faute de Raoul, celui-ci était implicitement tenu par une obligation de résultat. Il disposait de tous les moyens, de l'argent des fonds secrets, de l'assistance de toutes les autorités civiles et militaires, pourvu qu'il arrive à ses fins : éviter le scandale, la publicité, les conséquences incalculables du moindre faux pas dans les alentours du pouvoir. Faute de pratiquer la vertu, les puissants devaient en créer l'impression. Lui, Raoul, était l'illusionniste, le prestidigitateur, le metteur en scène d'un mélo édifiant. Si le spectacle s'enlisait dans la boue, les sifflets étaient pour lui.

— Monjeunami, cette femme est folle ! commença Fallières de façon tout à fait rassurante pour Raoul. Le ministère de la Justice vient de me communiquer le procès-verbal de son interrogatoire. Elle en est à sa quatrième version des faits. Elle cherche quoi, exactement ?

Raoul avait prévu cette interrogation.

— J'ai beaucoup réfléchi à cette question qui constitue l'énigme centrale de notre affaire. Pour l'instant, je ne vois pas d'autre explication que celle-ci, qui vaut ce qu'elle vaut, qui ne me satisfait pas totalement, mais à laquelle je ne trouve aucune solution de rechange. Comme Marguerite Steinheil n'a plus de moyens d'existence, elle cherche à nous faire chanter. Si l'affaire était classée, elle perdrait la seule arme qu'elle détient encore, la menace de tout dire. En effet, si le juge d'instruction concluait que l'impasse Ronsin a été simplement le lieu d'un cambriolage, qui a mal tourné et dont les auteurs n'ont pu être identifiés, il ne serait plus possible après cela à Marguerite Steinheil de révéler que le crime a été commis par le roi de Grande-Bretagne. Toute la presse en rirait. Elle passerait pour folle et nous aurions le droit de la faire enfermer dans un asile, c'est-à-dire de la faire taire définitivement.

« En revanche, si aucune des versions présentées par elle n'est crédible, leur multiplication même crée un halo de mystère propre à enflammer l'imagination des journalistes. Il n'y a pas de fumée sans feu et il n'y a pas de mensonge reconnu qui ne trahisse l'existence d'une vérité bien cachée. Et qui dissimule cette vérité, sinon le pouvoir politique ? Aussi longtemps que Marguerite Steinheil accrédite la thèse de l'assassinat, elle peut à tout moment en dénoncer le véritable auteur avec un maximum de vraisemblance pour l'opinion publique. Nous demeurerons perpétuellement sous la menace de ses révélations afin qu'elle puisse monnayer son silence.

— Combien ? Comment ?

— Elle va tout d'abord exiger d'être défendue par un bon avocat pour éviter d'être condamnée. Cela peut s'arranger sans difficulté. Mais, dans sa naïveté de bourgeoise sans aucune formation sérieuse, elle s'imagine aussi que l'Élysée est en mesure de donner des ordres à un tribunal, dont elle ne soupçonne même pas le fonctionnement. Or elle sera livrée à un jury populaire d'assises, peu enclin à l'indulgence envers une dame de la haute société, qui vit de ses charmes dans le luxe. Elle risque la peine capitale, mais elle ne le réalise même pas. Si son avocat le lui apprenait, elle serait tentée de passer aux aveux maintenant, avant qu'il ne soit trop tard. Je propose donc que nous choisissions Me Antony Aubin, qui est à la fois un bon juriste et un politique averti. Il jouit d'une réputation à défendre et d'un mandat parlementaire à conserver. Nous pourrions éventuellement le mettre au courant d'une partie de la vérité, tout juste celle dont il a besoin pour mieux plaider en connaissance de cause.

— Je suis d'accord avec votre proposition. Aubin n'a jamais cessé de soutenir le gouvernement au Sénat. Vous lui direz seulement que l'Élysée souhaite que ce procès se clôture par un acquittement pour une raison tellement sérieuse qu'il ne peut pas la connaître. Il comprendra. Est-ce tout ?

— Non ! Il faut faire taire à tout prix Marguerite Steinheil pendant toute la durée de son incarcération ! Il faut la rétribuer en veillant à ce que la somme – conséquente – ne lui soit remise que lors de son acquittement.

— Pourquoi serait-elle acquittée ?

— Parce que le ministère public sera bien embarrassé pour avancer un mobile au crime. En perdant son mari, Marguerite Steinheil est dépossédée de cette monnaie d'échange commode que constituaient les tableaux. Elle pouvait prétendre ne pas se déshonorer, à ses yeux et à ceux de la société, aussi longtemps qu'elle ne percevait ni argent, ni bijoux de grande valeur. Elle n'avait aucun intérêt à le faire tuer, car il a bien fallu qu'elle ait un complice. Elle ne pouvait pas rêver conjoint plus complaisant. Certes, elle a assisté au meurtre de son mari, mais elle ne l'a ni provoqué, ni facilité, sinon par sa maladresse en acceptant la visite d'Édouard impasse Ronsin. Quant à sa mère, sa mort est naturelle, avec une forte probabilité. Le ministère public laissera sans doute tomber cette dernière accusation.

« Marguerite Steinheil s'est placée dans une position où il est difficile de l'attaquer et où elle peut obtenir des compensations. Elle est animée par l'énergie du désespoir : ce procès est la dernière chance dont elle dispose pour ne pas tomber dans la misère. Si elle était réduite à la condition ouvrière, elle en deviendrait bien plus prisonnière qu'elle ne l'est actuellement à Saint-Lazare. Le travail harassant, le logement sordide, la nourriture grossière, les vêtements tachés et troués : imaginez ce que cela représente pour elle !

— Eh bien ! Puisqu'il le faut, nous passerons par ses conditions, que je vous charge de découvrir. Voyez-vous un quelconque autre moyen ?

Raoul se tut un instant, puis il émit avec un sourire qui anticipait sa conclusion :

— Dans maints pays, en Russie, en Italie, en Espagne, Mme Steinheil aurait déjà été discrètement liquidée comme tout témoin gênant pour le pouvoir. Jusqu'à plus ample informé, je suppose qu'il n'en va pas de même en France. Nous n'allons tout de même pas mettre de la mort-aux-rats dans son café.

— Et l'Angleterre ? Aucune réaction du côté du roi ?

— Tout Anglais pense qu'il observe la morale aussi longtemps qu'il se sent confortable, c'est-à-dire qu'il commence la journée par une tasse de thé et un bain chaud, tandis qu'il la termine avec un cigare et un whisky. Ce qui se passe autour de lui – et surtout ce qui s'est passé en dehors de son île – ne le concerne pas vraiment.

« Le roi moins encore que les autres. Édouard sait maintenant que son altercation avec un proxénète s'est terminée par la mort de celui-ci. Mais il ne faut pas oublier qu'Adolphe Steinheil menaçait le roi avec sa canne-épée. Édouard peut estimer qu'il a agi en état de légitime défense et qu'il a observé les règles de la morale la plus stricte. Pour lui, ce n'est pas un problème moral, mais une simple question de standing. Il est exclu que l'opinion publique apprenne que le roi de Grande-Bretagne se commet avec des cocottes. Et donc, il n'en parlera jamais lui-même.

— Comment êtes-vous si sûr que le roi soit mêlé à cette histoire ?

— Je vous rappelle une fois de plus quatre éléments déterminants : le coup de téléphone de l'ambassade vers l'impasse Ronsin, le témoignage des agents des Renseignements généraux qui ont vu le roi quitter l'ambassade, le témoignage de mon adjoint, qui a aperçu deux hommes parlant anglais pénétrer dans la maison Steinheil, et la description très précise donnée par Marguerite Steinheil de la tenue du roi.

— Mais nous savons par expérience qu'elle n'hésite pas à mentir.

— Sans doute, mais le premier récit, qu'elle m'a fait à chaud, a été confirmé par tous les éléments que j'ai découverts par la suite. De toutes les versions des événements, c'est bien la seule qui ait quelque substance.

Fallières poussa un gros soupir :

— Ce n'est pas juste. Les rois et les présidents risquent à tout moment leur vie, mais ils ne peuvent pas se protéger de leurs agresseurs sans provoquer le scandale.

— Les présidents et les rois feraient mieux de ne pas fréquenter des personnes comme Mme Steinheil.

— Sans doute, mais cela n'est pas précisé lors de la cérémonie de passation des pouvoirs. Feriez-vous vœu de chasteté pour atteindre le sommet de la République ?

Raoul rougit et Fallières s'esclaffa.

Raoul prit toutes les mesures possibles pour assurer une existence acceptable à Meg. Elle fut enfermée dans la moins horrible des deux prisons pour femmes de Paris, Saint-Lazare, tandis que l'autre était la Petite-Roquette, encore plus ignoble. Comme les prisonnières y étaient entassées à quatre par cellule, que beaucoup étaient tuberculeuses et que la prison était malsaine, on ne sortait pas vivante de la Petite-Roquette, sinon pour mourir peu après en crachant ses poumons. Cela valait condamnation à mort.

Néanmoins Meg, habituée à une vie somptueuse, se retrouvait dans un des bâtiments les plus vétustes de Paris, humide et froid, car on ne se préoccupait même pas de chauffer tant soit peu les cellules. Le salpêtre du sous-sol parisien suintait partout en remontant les murs, comme une lèpre rongeant la peinture.

Raoul obtint du directeur qu'elle soit enfermée seule, au lieu de devoir partager une cellule avec deux ou trois femmes, afin qu'elle échappe à la promiscuité la plus effroyable, qu'elle ne soit pas obligée de faire ses besoins sur une cuvette au vu de ses compagnes ricanantes. Un lit convenable plutôt qu'une paillasse à même le sol, une table et une chaise de bois blanc, la possibilité de rencontrer librement des amis au parloir moyennant l'accord du juge d'instruction, des repas apportés du restaurant *Schaeffer* rue de Strasbourg, la possibilité de se laver et même – faveur inouïe – de prendre un bain une fois par semaine dans les installations crasseuses situées dans les caves. Raoul fit tout ce qu'il put, sauf lui rendre la liberté.

Le falot Jérémie Laideret, suspect de complaisance aux yeux de la presse, fut biffé du tableau d'avancement et remplacé par le juge Victor. Ce dernier pouvait au moins garantir qu'il n'avait jamais mis les pieds dans le salon de Meg avant les événements. Moins gêné aux entournures, il recommença l'enquête de zéro, en se targuant d'avoir une méthode rigoureuse.

Il reçut, avec courtoisie mais froideur, la visite de Raoul, qui vint lui confirmer l'intérêt de l'Élysée pour le procès d'une femme qui avait eu le privilège de côtoyer un président de la République. Victor répliqua toujours aussi froidement que son enquête avait révélé plus encore : la clientèle régulière de Meg avait comporté le président en exercice de la Chambre, un sous-secrétaire d'État en fonction, quelques juges d'instruction, une brochette de chefs de cabinet, des banquiers à la douzaine, des archiducs en pagaille, au moins deux rois en la personne d'Édouard VII et de Léopold II. Mais la fréquentation de tout ce beau monde ne l'excusait en rien d'avoir fait tellement parler d'elle et surtout de s'être moquée de la justice. Comme elle avait délibérément dit tout ce qu'il fallait pour être inculpée, elle serait servie. Cette obstination à se perdre elle-même était incompréhensible, mais les femmes l'étaient souvent. Le juge n'était pas payé pour faire de la psychologie, mais pour instruire un dossier.

Victor fit froid dans le dos à Raoul. Il avait l'air intelligent et efficace, une forte moustache soulignant un nez puissant, des épaules d'athlète, une démarche souple comme celle d'un tigre, dont il possédait les canines acérées. Si Meg craquait, Victor irait jusqu'au bout du dossier et lui, Raoul, se retrouverait sur le banc des accusés :

— Monsieur le juge, pourriez-vous m'accorder la faveur de rencontrer Mme Steinheil de temps à autre ? L'Élysée tient à lui manifester un soutien discret. Aussi longtemps qu'elle n'est pas condamnée, il faut lui reconnaître la présomption d'innocence.

— Je la traiterai donc comme toutes les prévenues. Tant que l'instruction ne sera pas close, elle aura droit aux visites de son avocat et au soutien spirituel de l'aumônier. C'est tout.

— Vraiment tout ?

— Non. Pas vraiment. Elle a droit aussi aux rencontres avec les visiteurs des hôpitaux et des prisons, mais en présence d'une gardienne. Rien ne vous empêche de vous inscrire dans les rangs de cette honorable institution. Je n'y vois pas d'inconvénient pour ma part, puisque vous n'êtes absolument pas impliqué personnellement dans cette affaire.

Et le juge Victor appuya cette dernière phrase d'un regard où passaient tous les soupçons du monde et le regret de ne pouvoir les approfondir davantage. Certes, il n'était pas compromis avec Marguerite Steinheil comme l'était Laideret et enclin en conséquence à étouffer l'affaire dans son propre intérêt, mais il avait aussi le souci légitime de sa carrière future. Dans la République tout comme dans l'Ancien Régime, la séparation des pouvoirs n'était qu'un mythe commode pour les cours d'éducation civique de l'école primaire ou pour les exposés des professeurs de la faculté de droit. Dans la pratique, il en allait tout autrement. Le ministre de la Justice était Aristide Briand, qui avait été secrétaire général du parti socialiste et avait la réputation d'être demeuré idéaliste tout en virant vers la droite tout juste ce qu'il fallait pour accéder au gouvernement. On murmurait qu'il remplacerait bientôt Clemenceau comme président du Conseil. Or, estimait le juge Victor, rien n'était pire qu'un idéaliste frustré ; il méprise ou hait les hommes ordinaires qui continuent à se comporter selon l'humaine nature.

En réalité, l'exécutif avait la mainmise sur le judiciaire. Un juge d'instruction avait tous les pouvoirs, mais il ne demeurait en place que dans la mesure où il en reconnaissait les limites. S'il piétinait les plates-bandes du gouvernement, il était aussitôt dessaisi du dossier. Mme Steinheil avait manifestement l'appui de l'Élysée pour des raisons obscures, que la prudence la plus élémentaire interdisait de démêler. Ce comte Raoul Thibaut de Mézières, capitaine du génie, détaché au ministère de l'Instruction, détaché ensuite au cabinet du président de la République, faisait partie de ces gens dont on ne sait trop à combien de râteliers ils mangent, ni quelle est la limite de leur pouvoir réel. On les tient à distance par une courtoisie glaciale, on ne s'y frotte pas de trop près. Selon toute évidence, ce courtisan n'avait pas la conscience nette, mais il avait aussi l'oreille du souverain.

Raoul décoda le message, prit congé du juge incorruptible et se fit inscrire sur la liste des visiteurs de prison. Il fit le récit de cette rencontre à Arsène qui commenta :

— Grâce à vous, ce juge si vaillant deviendra un juge vacillant.

Les visites de Raoul à Saint-Lazare s'étendirent sur près d'une année. Avant et après chaque interrogatoire de Meg par le juge Victor, il se fit une règle de la préparer et de la réconforter. Avec l'aide de l'avocat, Me Aubin, il ramena l'inculpée à la version initiale du gang des lévites, sans plus jamais mettre en cause le peintre Burlingham, le valet Couillard ou le maquignon Wolf. Comme il était impossible de découvrir des cambrioleurs tout à fait imaginaires, l'enquête ne pouvait que s'enliser. Il suffisait d'attendre que le juge se lasse.

Mais le juge Victor avait tout son temps. Il jouissait d'une couche confortable, d'une table succulente et de relations toniques avec sa maîtresse du moment, une petite arpète qui ne lui coûtait pas grand-chose, à part les frais de deux ou trois avortements par an, tandis que Marguerite Steinheil était en pénitence. La détention préventive, prolongée au-delà des nécessités de l'enquête, avait le grand mérite de briser la résistance des caractères faibles.

Bien que sa ligne de la défense fût simple, encore fallait-il que Marguerite Steinheil puisse supporter la pression de l'enfermement durant des mois. Elle demeurait trop souvent recluse des journées entières dans sa cellule sans rien faire, les yeux dans le vide, assise le dos courbé, les mains abandonnées sur les genoux, comme Raoul le constata par des coups d'œil indiscrets dans le judas. Parfois, elle secouait sa torpeur et se lançait dans la réponse à son abondant courrier, composé pour moitié de lettres de menaces lui promettant les pires supplices si elle était acquittée et, pour une autre moitié, de demandes de mariage, provenant malheureusement de jeunes héritiers impécunieux, de poètes ratés ou d'escrocs en déroute.

Le directeur, M. Pons, lui rendait une visite quasiment protocolaire, dans sa cellule, chaque jour à dix heures du matin, en l'appelant « ma chère grande victime ». Il était rituellement suivi par une religieuse, portant un plateau d'argent sur lequel étaient disposés un napperon de dentelle, une carafe de porto, une coupe avec des biscuits et deux verres de cristal. Il ne se gênait pas pour clamer ouvertement sa conviction que Mme Steinheil était innocente car « elle était aimable avec tout le monde ». Il avait exigé que les religieuses, qui constituaient curieusement les seules gardes de cette prison de la République laïque, lui adressent la parole en remplaçant le sec « Steinheil » administratif par un « madame » plein de déférence. Le parloir personnel de Meg fut chauffé et meublé avec quelque recherche, en ce sens que les deux chaises de paille furent munies chacune d'un coussin orné de roses brodées par les religieuses. La presse en déduisit que M. Pons consentait à ces gâteries en échange de faveurs obtenues lors de ses tête-à-tête avec la prisonnière. Raoul estima que, pour une fois, la presse ne se trompait pas.

Me Aubin jouissait aussi du privilège de s'entretenir avec sa cliente, seul à seule dans le parloir. En revanche, les autres visiteurs, y compris Raoul, devaient subir la présence silencieuse d'une des religieuses. C'étaient des sœurs de Saint-Vincent-de-Paul, engoncées dans une robe de grosse toile bleue et couvertes d'une vaste coiffe blanche aux ailes battantes comme celles d'une mouette. Elles récitaient le chapelet qu'elles portaient à la ceinture, en remuant les lèvres mais sans qu'un son s'en échappe. Le visage perpétuellement fermé, elles ne souriaient jamais et ne regardaient personne de face, mais elles gardaient les yeux baissés comme si la contemplation de leurs grosses godasses pouvait déclencher une vision béatifique. Raoul supposa que leurs cellules n'étaient pas davantage chauffées que celles des détenues, que leur nourriture était tout aussi grossière, qu'elles ne se baignaient qu'une fois par an et qu'elles ne sortaient en principe jamais des murs de la prison. Elles étaient des prisonnières volontaires par amour de Dieu. Elles supportaient non seulement une vie austère, mais aussi les insultes, les obscénités et les railleries des prostituées qui constituaient le gros des détenues.

Raoul savait que, parmi ces femmes admirables, se trouvaient d'anciennes péripatéticiennes. Mais jamais il ne put deviner qui était qui, car il n'y a que l'épaisseur d'un consentement entre le vice et la vertu. Et, lui, Raoul, se démenait par vertu républicaine pour dissimuler le vice d'un roi. Il eut plus d'une fois envie de s'enfuir, de se réfugier dans un monastère et d'y prononcer des vœux définitifs. Mais il constata avec amertume qu'il demeurait esclaves de son confort et de son goût du pouvoir.

Bien plus que son enfermement, Meg avait de la peine à supporter la haine populaire dont elle devenait maintenant l'objet spectaculaire. Lorsque le fourgon cellulaire la transportait de Saint-Lazare au Palais de Justice, il s'amassait aux deux extrémités du trajet des foules immenses, plusieurs centaines, parfois plusieurs milliers d'individus, qui poussaient un gigantesque « À mort ! » dès qu'ils apercevaient la voiture. Ces cris de vengeance et ces chansons méchantes, elle en percevait bien le sens. Le peuple de Paris, dont l'opinion n'est jamais négligeable, l'avait déjà condamnée à mort. Or Meg, qui n'était pas dénuée de culture historique, se souvenait du sort de la comtesse Du Barry, de son vrai nom Jeanne Bécu, favorite de Louis XV, mariée à un courtisan complaisant, qui finit en 1793 sous la guillotine pour avoir donné ses diamants aux émigrés et avoir, de la sorte, conspiré contre la République.

Le juge Victor avait le choix entre trois versions du drame : le crime crapuleux par des bandits ; le crime politique couvert par une police parallèle ; le crime domestique. La première explication ne tenait pas la route à cause des variations incompréhensibles de Marguerite Steinheil dans ses témoignages ; la seconde lui était interdite par un élémentaire souci de son intérêt personnel ; il ne lui restait donc comme issue que d'échafauder la thèse du règlement de comptes familial. Il devait prouver que Marguerite Steinheil haïssait son mari et sa mère au point d'avoir organisé leur assassinat.

Ce n'était pas une mince affaire. Déjà, Raoul avait dû non seulement inventer le scénario du crime crapuleux, dont les preuves avaient été laborieusement fabriquées par Arsène, mais il avait été aussi obligé d'improviser l'alibi nécessaire pour innocenter Burlingham. Cette première construction visait à détourner l'attention du réel crime politique en imaginant des coupables introuvables. Victor, à son tour, devait monter un scénario de toutes pièces pour que Marguerite, condamnée déjà par l'opinion publique, le soit définitivement par un tribunal.

Le 3 décembre, le juge Victor fit réveiller Marguerite Steinheil dès cinq heures du matin. À sept heures, elle se trouvait au dépôt qui jouxte le Palais de Justice, non sans avoir subi au départ et à l'arrivée les huées de la foule, avertie de ces transferts par on ne savait trop qui. Sans qu'elle puisse boire ou manger, le juge la fit patienter jusqu'à une heure et demie, assise sur un banc de bois, le dos calé contre le mur humide, les mains menottées, encadrée par deux gendarmes relevés régulièrement.

Estimant que la torture physique et morale de cette longue attente avait abruti et désespéré suffisamment sa victime, il la convoqua enfin. Dès qu'elle fut assise devant lui et que les menottes lui furent enlevées, il lui mit sous le nez une lettre de son écriture, adressée à son mari, qui se terminait par la phrase : « J'en ai assez de vivre auprès d'un homme qui a vos mœurs, vous me dégoûtez. »

Meg reconnut l'authenticité de la lettre, admit que son ménage était le lieu de querelles fréquentes et ne nia pas ses nombreuses liaisons. Mais elle répéta ce qu'elle était obligée de dire à haute voix à chaque interrogatoire :

— J'étais tenue de recruter des clients pour les tableaux de mon mari. Si je n'avais pas fait ce que j'ai fait, nous aurions été ruinés depuis longtemps.

Comme chaque fois, le juge la regarda avec froideur et satisfaction : obtenir de cette bourgeoise élégante et prétentieuse qu'elle confesse sa déchéance constituait la meilleure des entrées en matière. Cette femme acceptait le pire des métiers, non pas pour manger comme les pauvresses, mais pour vivre à moitié dans le luxe. Elle était doublement coupable et donc capable des pires méfaits. Dès lors que cette entrée en matière était rituellement achevée, le juge passait à un autre argument dont il espérait beaucoup. Au fil des interrogatoires, il s'était rendu compte que Meg aimait vraiment sa mère, tout comme sa fille. Il l'obligeait donc à se justifier de ne l'avoir pas tuée.

Par expérience, Victor savait que les criminels les plus endurcis gardent un recoin d'humanité. Une fois que celui-ci était découvert, il s'ingéniait à le remettre en cause, à toucher la corde sensible, à salir ce qui était resté propre, à susciter l'indignation jusqu'à déclencher une crise de désespoir, propice aux aveux. Forcée et contrainte, Meg confessa qu'elle avait, comme toute fille, quelques motifs de rancune envers sa mère. Certains remontaient à son adolescence, le refus de lui faire faire des études, la rupture de son premier amour avec le petit lieutenant sans fortune, l'exil dans le Sud-Ouest. Et puis, plus grave, son mariage avec Adolphe Steinheil, dont elle n'avait jamais été amoureuse. Sa mère s'était débarrassée d'elle en faveur de ses deux sœurs, qui avaient été plus richement dotées.

En poussant le bouchon plus loin, le juge obtint d'autres éléments pour gonfler le dossier. Meg était soumise à des demandes répétées d'argent de la part de sa mère, qui gérait très mal ses affaires. En même temps, Mme Japy ne se gênait pas pour reprocher à sa fille sa vie de luxe, ses réceptions, ses liaisons dont elle n'ignorait rien, au point d'en tenir une véritable chronique, sur la base des indiscrétions de la cuisinière Mariette.

Meg était encerclée par des figures grimaçantes, un mari mou et complaisant, une mère autoritaire et stupide, une fille indifférente, des domestiques sournois, des amants égoïstes. Au milieu de cette gadoue, elle tenait bon ; elle parvenait à respirer de temps à autre en se promenant à cheval au Bois, en s'achetant des toilettes au-dessus de ses moyens, en partageant des dîners fins dans des cabinets particuliers à *La Tour d'Argent*. Elle s'était bien battue contre la bonne société, comme la petite chèvre de M. Seguin, toute la nuit. Mais le moment viendrait peut-être de se coucher et de tendre la gorge au loup.

Victor congédia la prévenue à onze heures du soir, après qu'elle se fut évanouie d'inanition à trois reprises. Il retroussa ses lèvres sur ses canines. Il n'aimait rien tant que de remplir un dossier qui était vide. Meg serait condamnée, non pas pour ce qu'elle avait fait mais pour ce qu'elle était, une rebelle, une femme libérée de toute contrainte, une intrigante qui avait fréquenté les plus hautes personnalités en compromettant leur honorabilité.

Dès le lendemain, Raoul obtint de Meg un compte rendu détaillé de cet interrogatoire. Elle était épuisée mais toujours aussi résistante. Son récit arracha même un mouvement d'horreur à la religieuse de service, qui s'interrompit un instant de réciter le chapelet et leva les yeux sur cette femme martyrisée par un juge inique. Puis elle reprit son chapelet, sur un rythme accéléré, comme si, en marmonnant davantage de Pater et d'Ave, elle hâterait la conclusion de cet interminable supplice.

Raoul aussi était bouleversé. Beaucoup trop à son avis. Jadis, il avait entretenu une amitié amoureuse avec une femme séduisante. Maintenant il sentait monter en lui une affection pure pour cette femme pitoyable. Elle endurait un martyre depuis plusieurs semaines, qui se prolongerait pendant des mois. Il suffisait qu'elle prononce quelques phrases pour y mettre fin. Elle n'avait aucune raison personnelle de protéger Édouard, sinon l'argent qu'elle obtiendrait de l'Élysée pour prix de son silence, une somme bien dérisoire au regard de ce qu'elle subissait, un petit pécule qui lui permettrait tout juste de vivre décemment deux ou trois années. Ne voyait-elle pas plus loin ? Était-elle à ce point imprévoyante ? Que cherchait-elle vraiment ?

Ces interrogations permirent à Raoul de refréner son envie irrésistible de contourner la table et de serrer Meg dans ses bras. La religieuse eût protesté sans doute, mais elle-même entoura les épaules de Meg d'un bras compatissant et la mena doucement vers la porte conduisant à l'abominable cachot destiné à briser la volonté de cette femme inflexible.

Durant ces dix mois d'instruction, le juge Victor n'avança pas d'un pouce, tandis que Raoul découvrit par hasard un minuscule fragment de la solution, comme la pièce maîtresse d'un puzzle, qui fait entrevoir l'espoir de terminer celui-ci. Cela se passa dans un lieu qui n'avait rien à voir avec le drame de l'impasse Ronsin, l'hôtel des Greffulhe, 8, rue d'Astorg. La comtesse Élisabeth, fille d'un ministre belge des Affaires étrangères, était sa cousine et Raoul fut tout naturellement mobilisé pour le bal organisé le 15 février 1909. Il n'était pas particulièrement porté sur la danse, il haïssait même cette agitation rythmique, dont le seul but apparent était de créer des rencontres fortuites entre jeunes gens à marier. Il s'y était laissé prendre une seule fois pour faire plaisir à Élisabeth trois ans plus tôt et, à cette occasion, les salons de la rue d'Astorg avaient été le lieu de sa rencontre aussi délicieuse que fatale avec Florence de Luces. Depuis, il en était l'amoureux transi, puisque la mère de sa fiancée reculait indéfiniment le moment du mariage.

En redingote avec gilet blanc, un œillet se desséchant à sa boutonnière, il attendait en arpentant le salon où on l'avait introduit. Les boiseries des murs étaient dorées, ce qui faisait ressortir un meuble de Beauvais constellé d'une marqueterie de fleurs, une multitude de chaises, de fauteuils et de canapés pour ménager des entretiens particuliers. Il s'abîma dans la contemplation du portrait de Mme de Champcenetz, peint par Boucher, qui transmettait à plus d'un siècle de distance le charme d'une femme disparue.

Il était fâcheusement perturbé par un de ces détails futiles qui envahissent l'esprit au moment le moins opportun : fallait-il qu'il se dégante ? La mode avait-elle fluctué au point qu'il soit maintenant obligatoire que les hommes aient les mains nues dès qu'ils pénétraient dans un salon, alors que le contraire était exigé jusqu'à tout récemment ? C'était une question fondamentale, agitée au plus haut niveau des arbitres des élégances, la baronne Staffe, André de Fouquières et Robert de Montesquiou. L'ancêtre incontournable, le nonagénaire duc de Lévis-Mirepoix, se souvenait encore de l'arrivée de la mode des gants vers 1845. Auparavant l'étiquette interdisait d'en porter, sinon dans la rue ou à la campagne. Pas question d'entrer ganté dans une maison ou dans une église. Au milieu du siècle passé, le gant était passé du rang d'accessoire incongru à celui d'objet indispensable, sans aucune explication. Peut-être la crainte d'attraper une maladie, la tuberculose ou la syphilis, en se touchant la main. Ou bien l'horreur compulsive d'exhiber le moindre bout de peau nue. Toujours est-il que Raoul avait été éduqué dans la religion du gant porté en toute occasion, sauf à table où l'on glissait les gants dans une poche au moment de s'asseoir. Maintenant le balancier revenait à la position de départ. En cette saison 1908-1909, il devenait chic de ne pas être ganté pour marquer la différence avec tous les parvenus qui l'étaient. Où en était le salon des Greffulhe, connu pour sa position d'avant-garde en politique, dans les arts et en matière d'étiquette ? Comment Raoul pouvait-il tomber dans de tels traquenards snobs qu'il soit obligé de se préoccuper de ces futilités ?

À ce moment, comme pour faire diversion dans ces pensées sombres et répondre à son interrogation, Élisabeth entra, gainée dans une robe noire décolletée, avec deux sortes d'ailes qui voltigeaient derrière elle lorsqu'elle se déplaçait en semblant planer sur le parquet. Ses cheveux étaient relevés haut et surmontés d'un peigne en écaille blonde dont la couronne de petites boules faisait comme une sorte de diadème. Élisabeth était royale et elle prolongeait dans le Paris républicain les fastes des cours d'antan dont les prétendants étaient exilés.

Élisabeth commença par enlever les gants de Raoul et les lui glisser dans la poche intérieure de son habit en faisant : « Tut, tut ! » Puis elle l'embrassa, lui, qui jouissait de ce rare privilège à Paris pour des raisons de parenté. Elle avait quinze ans de plus que lui, elle l'avait pouponné quand il était bébé, elle n'embrassait pas l'homme, mais le petit garçon qu'il redevenait devant elle. Aussi n'hésita-t-elle pas à l'abreuver de recommandations sur les jeunes filles qu'il faudrait qu'il fasse danser, spécialement celles qui, disgraciées par la nature ou défavorisées par la fortune, risquaient le plus de faire tapisserie. Comme Raoul ne participerait pas au spectacle, il convenait qu'il se dévoue sur un autre front. Il promit tout ce qu'elle voulut, puisqu'il ne pouvait de toute façon pas résister. Mais la dernière consigne lui fit dresser l'oreille et le confirma dans l'intuition qu'il n'était pas là par hasard mais que le destin l'avait décidé :

— Le roi Édouard VII viendra à l'improviste, car il loge ce soir à l'ambassade de Grande-Bretagne lors de son passage privé à Paris, en route pour Berlin et Saint-Pétersbourg. Il a beaucoup vieilli ces derniers temps et sa santé n'est vraiment pas excellente. Il perd un peu la tête, au point de ne plus se fatiguer à parler le français. Tu ne le quitteras pas d'une semelle après que Henry et moi l'aurons accueilli. Tu lui serviras d'interprète. Il a appris que la future princesse Ghika serait ici ce soir. Il ne l'a que trop bien connue, quand elle se faisait encore appeler Liane de Pougy. En fait, il ne vient ici que parce que cette dame fut son dernier amour parisien, qu'elle est devenue inaccessible depuis qu'elle s'est fiancée à ce prince roumain voici trois mois, le mariage étant prévu pour l'année prochaine, et que son grand âge rend Édouard absolument sentimental.

À dix heures, le spectacle annoncé dans l'invitation commença. Le metteur en scène était André de Fouquières, armé d'un porte-voix pour se faire entendre des deux cents personnes qui se pressaient sous la tente dressée dans la cour de l'hôtel. Le thème de la soirée était un bal persan. La première entrée fut celle de la princesse Shéhérazade, représentée par la comtesse de Chabrillan, encadrée par toute une cour où se pressaient les plus grands noms de France, précédée par une joueuse de lyre et des enfants vêtus de blanc qui semaient des pétales de rose. La fausse Shéhérazade prit position sur un trône orné d'une peau de tigre. Le baron Jacques Levavasseur lut un poème de sa composition à la princesse. On applaudit poliment, c'est-à-dire mollement, car les vers étaient boiteux, l'inspiration nulle et le prétendu poète détesté par tout le monde. La bonne société supportait la surabondance d'écrivains qui hantaient les salons parisiens, mais elle rechignait à ce qu'un de ses membres se joigne à ce raz de marée d'écrivailleurs.

La deuxième entrée fut celle d'Aladin, représenté par le grand-duc impérial russe Boris, qui s'évertuait à astiquer une lampe pour que nul n'ignore le rôle qu'il jouait : on remarqua surtout sa maladresse provenant d'une inexpérience totale dans les tâches ménagères. C'est sans doute pour cela qu'aucun génie n'apparut, alors que la duchesse d'Uzès fit son apparition dans un palanquin porté par quatre Chinois, éventée par des négrillons agitant des éventails de plumes blanches. Un authentique poète persan lut un compliment dans sa langue, que personne ne comprit, mais que l'on applaudit tout de même. Mieux valait encore écouter des poèmes tout à fait incompréhensibles que d'écouter en français des strophes où il n'y avait rien à comprendre.

Enfin la troisième entrée fut celle de la future princesse Ghika, dont la beauté était conservée malgré ses quarante ans avoués. Elle représentait la sultane de Bagdad et était montée sur un chameau, qui avait l'air de s'ennuyer prodigieusement. Du haut de la bête impassible, Liane de Pougy fit mine de s'intéresser à un ballet dansé par quatre comtesses bien françaises, mais déguisées en Japonaises. C'est au milieu de cette minauderie, accompagnée par les sons lancinants d'instruments extrême-orientaux, que Raoul fut averti par un domestique de l'arrivée imminente du roi.

Il rejoignit dans le hall d'entrée Élisabeth et Henry Greffulhe qui s'y trouvaient déjà. Édouard ne tarda guère. Son entrée fut précédée par celle de deux inspecteurs de la préfecture de police, qui prirent position de part et d'autre de la porte d'entrée. Le roi était visiblement fatigué, il marchait en hésitant, son visage était marqué par des rides et des poches sous les yeux. Il baisa la main d'Élisabeth, serra la main d'Henry et se tourna vers Raoul en lui adressant la parole en anglais d'une voix éteinte :

— Mon cher ami, je ne suis ici que pour quelques minutes. Selon mes médecins, je devrais déjà me reposer. Mais je tiens à rencontrer Liane pour lui souhaiter tout le bonheur du monde à l'occasion de son futur mariage. Je vous prie d'être mon interprète, car ma pauvre tête ne me permet plus de parler les langues étrangères avec suffisamment d'aisance.

Ils pénétrèrent à deux dans le petit salon, qui servait de parloir à Élisabeth. Le roi insista pour qu'elle et son mari rejoignent leurs invités avant que leur absence soit remarquée. À peine étaient-ils sortis que Liane de Pougy fit son entrée, toujours costumée en princesse de Bagdad, c'est-à-dire enveloppée de tulle des pieds à la tête pour ne dissimuler que fort peu un corsage réduit et un pantalon de soie dorée, qui permettaient dans l'interstice de constater qu'elle portait un rubis enchâssé dans le nombril. Raoul, toujours pratique, se demanda comment cette pierre tenait en place. Était-elle collée ? Et si oui, comment la décollait-on ? Il parvint à ne pas sourire de ses propres réflexions et à prendre au sérieux son rôle d'interprète.

Comme Édouard ne parvenait pas à se lever de son fauteuil, Liane s'agenouilla à ses pieds et Raoul, derrière le roi, traduisit les quelques phrases qu'ils échangèrent. Un domestique apporta un verre d'eau pour qu'Édouard pût absorber une pilule. Raoul assista ainsi à la dernière rencontre entre les deux amants. Parmi les banalités qu'ils échangèrent, deux répliques firent tomber les écailles des yeux de Raoul :

— Il y a neuf mois que nous nous sommes vus pour la dernière fois en mai de l'année passée, dit Édouard avec une infinie tristesse.

— Je ne me souviens plus de la date exacte, sire, mais je suis sûre que c'était un samedi, très tard, passé minuit.

— Nous ne nous reverrons plus, sans doute, Anne-Marie !

Édouard appelait Liane par son nom de baptême. Leur intimité avait été bien plus profonde que la rumeur publique, qui attribuait mille passades à Édouard mais aucune liaison sérieuse. Raoul assistait à une véritable cérémonie des adieux entre deux êtres qui auraient pu être heureux, mais qui en avaient été empêchés par leur rang. Le roi avait les larmes aux yeux et Liane n'en était pas loin.

— Nous pourrons nous revoir, sire, mais autrement.

— Si nous nous revoyons, ce sera dans un autre monde car les médecins ne me donnent plus longtemps à vivre.

Liane de Pougy ne se répandit pas en vaines protestations, mais elle serra la main du roi entre les siennes, l'embrassa sur le front de plus en plus chauve et disparut en courant pour tenir son rôle dans le spectacle de cirque imaginé par André de Fouquières.

Raoul raccompagna Édouard jusqu'à sa voiture en lui prêtant son bras. Il avait découvert deux vérités qui lui avaient toujours été cachées : une courtisane peut inspirer et exprimer un amour authentique ; le roi n'était pas impasse Ronsin dans la nuit du 30 au 31 mai 1908.

VIII

Le procès de Marguerite Steinheil débuta le mercredi 3 novembre 1909 et dura onze jours. Les soixante-dix places assises pour le public furent revendues très cher au marché noir par des miséreux qui avaient fait la queue dès le soir du 2 novembre. Il en fut ainsi pour chaque audience : le procès Steinheil enrichit non seulement les journalistes et les avocats, mais aussi les pauvres de Paris. Par faveur du président de La Vallée, Raoul obtint un siège à proximité de Me Aubin, afin de pouvoir communiquer avec celui-ci en cas d'urgence.

Le magistrat avait été prévenu par Raoul que l'Élysée considérait ce procès comme une affaire « sensible », que le président de la République ne désirait pas « interférer avec le cours normal de la justice », qu'il souhaitait que l'affaire soit close par un verdict équitable, mais tout en suscitant le moins de remous possible, « par déférence pour la mémoire de son prédécesseur, Félix Faure ». Dans cette affaire confuse, le président de La Vallée flaira qu'il jouait sa future promotion à la Cour de cassation. Il devait tout à la fois ne pas embarrasser le gouvernement, fournir cependant de la copie à la presse et en fin de compte calmer l'opinion publique, tout cela en supportant le fardeau d'un jury populaire, composé de braves gens totalement ignares en matière de droit.

Le président de La Vallée disposait d'un dossier d'instruction qui ne contenait aucune preuve patente de la culpabilité de Meg. À moins qu'un élément nouveau ne surgisse lors des audiences, le verdict naturel devait être l'acquittement au bénéfice du doute. Pour satisfaire l'opinion publique, qui avait condamné Meg à l'avance par réprobation pour sa vie dissolue, il était cependant essentiel que le magistrat paraisse sévère et qu'il semble se ranger du côté de l'accusation, sans toutefois aller trop loin. Il allait donc jouer un premier rôle scabreux dans une sorte de représentation théâtrale, bien parisienne, montée à grand spectacle et à bureaux fermés. Comme les frais de l'instruction et de la détention avaient déjà été estimés par la presse à un montant exorbitant de vingt-trois mille francs – ce qui était au-dessous de la réalité –, il n'avait pas droit à l'erreur.

La découverte tardive par Raoul d'un éventuel mensonge de Meg ne changeait rien à l'attitude de l'Élysée. Certes, on pouvait douter maintenant qu'Édouard VII ait été présent impasse Ronsin lors des meurtres : le crime du « prince de Galles » relevait vraisemblablement de l'imagination fertile de Meg. D'ailleurs, George V avait succédé à son père, décédé le 6 mai 1909. Un scandale hypothétique, concernant le défunt roi de Grande-Bretagne, n'affecterait guère les relations franco-britanniques et n'intéresserait plus que les historiens.

Néanmoins, il fallait absolument que Meg continue à se taire pour une tout autre raison : protéger Raoul lui-même – c'est-à-dire l'Élysée par la bande –, coupable d'avoir organisé une mise en scène destinée à égarer les enquêteurs. Ce n'était plus l'alliance avec la Grande-Bretagne qui était inquiétée, mais de nouveau le régime républicain, si facilement déstabilisé par sa prétention d'être fondé sur la Vertu. Dans cette affaire, surpris par les événements, l'Élysée en la personne de Raoul avait fait litière de l'égalité de tous devant la loi et bafoué la séparation des pouvoirs. Affligé par cette affaire et les révélations de Raoul, Fallières se répétait maintenant que l'exercice réel du pouvoir avait des exigences que la République idéale ne connaissait pas. Après son septennat, il retournerait donc vivre le restant de ses jours dans le Lot-et-Garonne, où il serait enfin libre d'être un homme d'honneur, en buvant tranquillement le vin de ses propres vignes et le pineau de son cousin.

De son côté, Meg avait brillamment engagé une partie qui aurait pu sembler perdue le 30 mai 1908 à minuit. Adolphe venait d'être tué par un meurtrier, en état de légitime défense ou non. Celui-ci demeurerait inconnu et insoupçonnable aussi longtemps qu'elle continuerait à le couvrir en gageant sa propre liberté, voire sa vie. Mais pourquoi agissait-elle ainsi ? Quel était le but qu'elle poursuivait ? Quelle nécessité la poussait ? Pour Raoul, cela demeurait l'énigme centrale de l'affaire.

Meg avait obtenu l'immunité pour le meurtrier en accusant Édouard VII, à tort ou à raison. Cela avait déclenché nécessairement une opération de couverture, par laquelle la culpabilité était transférée du criminel vers l'Élysée. Qui irait imaginer que la République pût monter pareille comédie judiciaire ? En convoquant Raoul au milieu de la nuit fatale, Meg avait témoigné d'un sang-froid incroyable et d'un art consommé de la manipulation. Elle avait aussi évalué à juste titre que Raoul serait d'autant plus facilement maniable qu'il avait été son amant.

Raoul était furieux de s'être ainsi laissé duper, parce qu'il avait admis dès le début l'implication d'Édouard dans ce drame et qu'il ne l'avait jamais remise en cause. Comment avait-il pu ne pas douter un seul instant ? Comment avait-il pu se fier à la seule parole de Meg ? Quel rôle jouait son ancienne liaison dans cet aveuglement total ? Dans sa rumination perpétuelle de l'affaire, il revenait régulièrement à l'hypothèse selon laquelle le roi aurait tout de même été impasse Ronsin. Durant cette nuit fatale, Édouard – selon ses dires lors du bal à l'hôtel de Greffulhe – aurait rencontré Liane de Pougy, plutôt que Meg. Mais peut-être n'était-ce qu'un mensonge convenu entre le roi et cette demi-mondaine afin d'assurer un alibi à Édouard.

Cependant, vérification faite, la visite du roi chez Liane semblait au moins plausible. En effet, selon les agents postés à l'ambassade de Grande-Bretagne, la voiture du roi avait tourné à gauche dans la rue du Faubourg-Saint-Honoré, ce qui correspondait au trajet normal pour se rendre à l'hôtel de Liane de Pougy, au 11, rue de la Néva. Au contraire, la route pour se rendre impasse Ronsin dans le XVe empruntait normalement la place de la Concorde, ce qui aurait correspondu à un virage à droite en sortant de l'ambassade. De plus, il y avait eu une communication téléphonique entre l'ambassade et le domicile de Liane de Pougy, dès la fin de l'après-midi. À son arrivée, le roi aurait donc fait appeler celle-ci, parce qu'il projetait de la rejoindre après le dîner avec le président Fallières. Les domestiques de Liane, discrètement soudoyés par Arsène, avaient confirmé l'arrivée nocturne du roi. Et puis, plus fort que toutes les vérifications matérielles, il y avait eu ce moment d'authentique intimité entre le roi et la courtisane au bal des Greffulhe, qui avait tellement impressionné Raoul. Aucun des deux protagonistes ne pouvait savoir que Raoul était impliqué dans l'enquête Steinheil et qu'il valait la peine de le lancer sur une fausse piste.

Cependant, si Raoul admettait qu'Édouard s'était bien rendu à l'hôtel de Liane de Pougy, les autres indices en faveur de son passage impasse Ronsin devenaient alors totalement inexplicables. Comment Meg savait-elle que le roi était sorti de l'ambassade de Grande-Bretagne ? Comment connaissait-elle le détail de sa tenue ? Qui étaient ces deux individus parlant anglais qui s'étaient rendus chez Meg, au témoignage d'Arsène ? Le roi n'aurait-il pas rencontré porte close au 11, rue de la Néva et continué alors son chemin vers l'impasse Ronsin ? Et les domestiques de Liane n'auraient-ils pas été soudoyés par celle-ci pour conforter l'alibi ?

Raoul était contraint d'émettre un doute systématique sur tous les témoignages et de laisser toutes les questions ouvertes. Seule Meg aurait pu y apporter des réponses véridiques, mais elle ne semblait pas prête à le faire, sauf éventuellement lors d'un coup de théâtre durant le procès, qu'elle tiendrait en réserve. Raoul venait donc de perdre une certitude, la présence d'Édouard impasse Ronsin, mais il n'en avait gagné aucune autre. Le « crime du prince de Galles », n'était peut-être ni un crime, ni même un accident impliquant le « prince de Galles », qui ne l'était d'ailleurs plus. Tout n'était que confusion, ce mot tellement commode pour désigner un ordre que l'on ne comprend pas. Il y avait une logique au-dessous de tous ces événements, une logique tellement implacable qu'elle défiait le sens commun.

Le 3 novembre, alors qu'il tombait une bruine glacée sur Paris, l'audience fut ouverte à midi précis par le tirage au sort des douze jurés, lesquels, étant choisis parmi les électeurs, étaient forcément tous des hommes. Cinq ouvriers, un employé, un commerçant, un artiste et quatre rentiers. Ni l'avocat ni le ministère public ne récusèrent aucun des douze hommes. Après ce prologue, l'accusée fut introduite dans son box. Une lumière terne pénétrait par les fenêtres sales du prétoire, comme si le soleil se refusait à éclairer la parodie qui allait se jouer.

La foule éprouva un mouvement de pitié en voyant apparaître, entre deux gendarmes, une femme si belle et distinguée, au visage grave, d'autant plus pâle qu'il contrastait avec une robe stricte et noire, une robe de deuil. Elle ne portait aucun bijou, sinon les deux alliances, la sienne et celle de son mari, à l'annulaire de la main droite selon la coutume protestante. Durant tout le procès elle allait en jouer, exhibant sa dextre pour rappeler son état. L'image était impressionnante : ce tribunal accablait une veuve et une orpheline, en l'accusant du double meurtre de son mari et de sa mère sur la base de simples présomptions, sans l'ombre d'un mobile. La teneur de l'acte d'accusation, lu par le greffier, parut à la fois irréelle et odieuse.

Le président de La Vallée possédait une jolie barbiche taillée en pointe, qu'il aimait caresser machinalement, des cheveux grisonnants admirablement coiffés, le teint mat d'un Méridional, une élocution sèche mais courtoise, acquise lors de ses études au collège jésuite Saint-Joseph d'Avignon.

Il commença rituellement par le questionnaire d'identité, comme s'il doutait d'avoir l'accusée en personne devant lui, comme s'il envisageait que les gendarmes escortant la voiture cellulaire aient substitué une tierce personne à la femme la mieux connue de tout Paris.

— Marguerite Steinheil, née le 16 avril 1869 à Beaucourt, deuxième fille d'Édouard-Louis Japy et d'Émilie Rau, veuve d'Adolphe Steinheil, sans profession, domiciliée au 6 *bis*, impasse Ronsin dans le XVe arrondissement de Paris. J'ai deux sœurs et un frère. Je suis mère d'une fille appelée Marthe.

Cette tirade fut débitée avec grand art, d'une voix ferme mais émue, avec des syncopes calculées pour traduire l'indignation sincère d'une femme odieusement accusée : orpheline, veuve et mère, sans ressources, abandonnée de tous, mais digne et lucide. Raoul estima que Meg était pleinement en possession de ses moyens et qu'elle tiendrait le coup pendant l'épreuve interminable qui s'annonçait. Mais si elle craquait, le pire était à craindre. Il avait songé à mettre Arsène en réserve sur le terre-plein en face de Notre-Dame avec la Peugeot. Si le pire se produisait, il sortirait et quitterait Paris aussitôt. Ses visites à Saint-Lazare lui avaient fait prendre en horreur l'idée d'être incarcéré.

Pour bien remplir le rôle que souhaitait l'opinion publique, le président commit un premier impair, mûrement réfléchi, en demandant s'il était bien exact, comme l'avaient prétendu certains témoins, que M. Japy était ivrogne et violent, voire pire encore.

— Monsieur le président, ce dossier est un tissu de mensonges. Les témoins ont diffamé mon père parce qu'il était méprisé par les notables de Beaucourt, du fait qu'il avait épousé une femme sans dot, la fille d'un simple aubergiste.

— Lorsqu'il a épousé votre mère, celle-ci n'avait que quinze ans tout juste.

— Ignoreriez-vous, monsieur le président, que c'est l'âge prévu par la loi ?

Le président se mordit les lèvres. L'accusée lui donnerait du fil à retordre. Il n'avait poussé le bouchon un peu trop loin que dans le seul but de se dédouaner aux yeux des journalistes, qui scribouillaient fiévreusement sur le banc de la presse. Il maîtrisa son irritation et s'autorisa une petite vengeance, en allant encore plus loin par une ignominie bien calculée :

— Si l'on compare la date du mariage et celle de la naissance de votre sœur aînée, Juliette Japy, actuellement épouse Herr, on constate qu'il ne s'est écoulé que cinq mois entre les deux événements. Ainsi, Édouard-Louis Japy a entretenu une liaison avec Émilie Rau avant le mariage.

— En admettant qu'il s'agisse d'une faute, monsieur le président, mon père a fait ce que son devoir lui indiquait, il l'a réparée.

— Sans doute, mais cela augurait mal d'un mariage conclu dans de telles conditions, ainsi que de l'éducation que vous recevriez de ce couple mal assorti. D'autant plus qu'Émilie Rau, cinq mois avant son mariage, n'avait pas quinze ans. Elle a donc été abusée par un homme plus âgé, riche et influent. Même s'il n'était ni ivrogne ni violent, ce dont on peut douter, votre père a donc commis un détournement de mineure qui aurait pu le mener en correctionnelle.

Meg se tut et foudroya du regard le président. Le public haletait. Les journalistes grattaient. Raoul avait le souffle coupé. Est-ce que le président irait jusqu'au bout de sa tentative de déstabilisation ? Meg pouvait perdre les pédales.

— Dès lors qu'il est établi que le sieur Japy était porté sur les très jeunes filles, il faut évoquer, avec toute la délicatesse possible, d'autres témoignages selon lesquels vous auriez été la victime d'un inceste, qu'il en serait résulté une grossesse et que vous n'auriez été éloignée à Bayonne que pour y accoucher secrètement en 1889. D'aucuns précisent même que vous seriez la mère d'un fils naturel, abandonné par vous, non reconnu par celui qui était son père, mais aussi son grand-père. Si cela était vrai, nous tiendrions peut-être le véritable coupable. Ce fils aurait eu dix-neuf ans en 1908, l'âge où un mauvais sujet vient extorquer de l'argent à sa mère. Cela expliquerait à la fois les meurtres et votre vie de dissipation. Les psychiatres, qui font fureur maintenant à l'Université, prétendent qu'une vie déréglée est toujours la conséquence d'une enfance abusée. En éclairant le jury sur cette possibilité, vous vous ménageriez des circonstances atténuantes.

— Les journaux qui ont osé écrire ces infamies propagent des rumeurs qui n'ont aucun fondement. Pourquoi faut-il salir la réputation d'une famille qui n'a déjà que trop souffert ?

— Puisque vous le dites, admettons qu'il s'agit d'une légende absurde et romanesque.

Après avoir ainsi démontré son intransigeance face à une accusée arrogante, prouvé sa volonté de faire toute la lumière et semé un doute lancinant dans l'esprit des jurés, le président lissa sa barbe avec une grande satisfaction et passa au chapitre, tout aussi fertile, des rapports conjugaux du ménage Steinheil.

— Votre mari était profondément attristé par vos adultères continuels.

— Il n'aurait pu l'être, puisqu'il en ignorait tout. J'ai toujours été d'une discrétion absolue.

Le président sourit à cette réponse constituant une première faute de Meg, dont il ferait le meilleur usage plus tard.

— À l'instruction, vous avez eu des mots très durs pour lui. Vous avez déploré sa paresse, son manque d'énergie et même ses mœurs, infâmes selon vos dires. À votre amant en titre, M. Borderel, vous avez même confié que vous le haïssiez pour ce qu'il était.

Meg prit le temps de répondre après avoir jaugé d'abord la salle, puis les jurés. De cette réplique dépendrait son sort futur. Elle effaça toute trace de passion de sa voix et répondit avec l'accent de la plus grande sincérité, les traits lisses et le regard limpide tourné vers le jury :

— J'ai accepté d'épouser Adolphe Steinheil parce qu'il était plus âgé que moi et que j'espérais trouver en lui un protecteur. Dans mon inexpérience de jeune fille, tenue à l'écart du monde, je me suis trompée et c'est lui qui a été soutenu par moi. J'ai découvert un timide, un simple, qui ne demandait rien à personne, qui avait repris le métier de son père, verrier, et qui s'était reconverti dans la peinture parce que les commandes de vitraux s'étaient taries. Ce n'était pas un peintre dans le goût du jour, car avec son caractère faible il n'aurait jamais essayé les audaces des impressionnistes ou des cubistes. C'était un honnête artisan. C'était le père de ma fille. Je ne le haïssais point, même s'il m'avait profondément déçue. Le témoignage de M. Borderel est donc inexact. Dans un moment d'affection à son égard, je lui ai peut-être confié que je n'aimais plus mon mari, mais je n'ai jamais dit que je le haïssais. Faut-il donc que, nous autres femmes, haïssions tous les hommes que nous n'aimons pas ? Cela ferait beaucoup de haine dans le monde !

— La déclaration de M. Borderel était cependant très claire.

— Cela signifierait donc que je suis restée un an en prison rien qu'à cause de ce faux témoignage ?

— Non, c'est à cause de vos mensonges, de vos perfidies, de vos fausses pistes.

— Je n'ai menti que pour protéger ma vie de femme et pour l'honneur de ma fille. Je n'ai fait que suivre les pistes que m'indiquaient les agents de la Sûreté. Au bout de six heures d'interrogatoire, on dit n'importe quoi pour en finir. Si les méthodes de la police et de la justice m'avaient ménagée, si l'on ne m'avait pas systématiquement privée de sommeil, de repas et même d'eau, si l'on ne m'avait pas éblouie par une lumière violente braquée en plein visage, si l'on ne m'avait pas menottée sans raison, on aurait obtenu de moi des réponses plus cohérentes. On m'a poussée à bout. Vous me poussez à bout. Vous abusez de la faiblesse d'une femme.

Meg fixa le président, bloqua sa respiration et finit par s'évanouir ou du moins par feindre une défaillance avec toutes les apparences de la réalité. Le président suspendit l'audience, tandis que Meg sortait, portée plus que soutenue par deux gendarmes. Après un quart d'heure d'attente, la cour et le jury étant sortis, un huissier vint informer le public que l'audience ne reprendrait que le lendemain matin à dix heures. C'était Meg qui fixait l'agenda.

Le lendemain, jeudi 4 novembre, le président reprit l'interrogatoire de l'accusée en revenant aux relations entre Adolphe et Marguerite. Il fallait que les jurés comprennent bien que Meg n'était qu'une courtisane, prête à vendre son corps pour de l'argent, ce qui prédispose à d'autres entorses à l'égard de la loi.

— Vous avez prétendu hier que votre mari ignorait tout de vos relations adultères.

— Je le confirme.

— Selon le témoignage de vos domestiques, lorsque vous rencontriez un amant, vous prétendiez visiter une certaine tante Lily, inventée pour les besoins de la cause.

— Ce n'est pas moi qui l'ai inventée, mais un de mes amants qui désirait me fournir une excuse facile pour m'absenter. Il a prétendu la connaître et il en a parlé à Adolphe, au moment d'acheter son tableau, en insistant sur le fait qu'elle était très riche et qu'elle n'avait pas d'autres héritiers que moi. J'ai fait vivre ce personnage imaginaire, mais bien utile dans la situation que j'ai été obligée d'affronter.

Elle se tourna ensuite vers les jurés et fit une déclaration passionnée :

— Messieurs les jurés, en prison je me suis repentie de ma vie coupable et j'ai souvent pleuré. Pour ma fille, je n'ai pas été la mère qu'il aurait fallu que je fusse. Mais, ce que j'ai fait, en fin de compte, c'est pour elle que je l'ai fait, pour la nourrir, l'habiller, lui donner une éducation, lui épargner mon sort. Plaignez-moi et que les mères qui m'entendent apprennent ce que j'ai souffert, en étant déchirée entre la vertu et la nécessité. Je n'ai pas eu le choix. Vous, messieurs, qui êtes d'honnêtes pères de famille, vous qui avez réussi à ne pas mettre vos épouses dans la situation que j'ai vécue, j'ai le plus grand respect pour vous. Félicitez-vous d'être parvenus à nourrir une famille, ne blâmez pas celle qui n'a pas eu la chance d'épouser un homme capable de gagner sa vie.

L'émotion du jury fut telle que le président jugea opportun de suspendre quelques instants l'audience. S'il laissait Meg mener les débats, il serait ridiculisé. Aussi, à la reprise, eut-il soin de réprimander Mme Steinheil en lui conseillant d'être plus réservée et de ne pas jouer sur les émotions du jury. « Les faits, madame, seulement les faits, pas les sentiments », dit-il avec agacement, en réalisant qu'il avait lui-même failli à cette règle et qu'à vouloir mettre en scène un mélodrame, il serait battu par l'accusée. Mais il possédait une arme secrète dont il se proposait de faire un usage ravageur :

— Le juge Victor a découvert une lettre d'Adolphe Steinheil, datée du 10 mars 1908, qui jette un jour nouveau sur votre obstination à prétendre que votre mari ignorait tout de votre inconduite systématique. Il ressort de ce document que celui-ci avait découvert par hasard un courrier provenant de votre amant en titre – enfin, de celui qui payait le loyer du Vert-Logis, sans compter tous les autres qui fréquentaient ce lieu – où ce sieur Borderel revendiquait des rencontres plus fréquentes, à proportion des dépenses qu'il engageait. La lettre d'Adolphe vous suppliait de mettre un terme à cette liaison en pensant à votre fille Marthe. Pas à lui, remarquez-le ! Sa dernière phrase est pathétique : « Dis-moi qu'il n'est pas trop tard pour revenir en arrière. » Contrairement à ce que vous avez affirmé hier et encore ce matin, Adolphe Steinheil était au courant de vos infidélités.

Le président se tut en arborant la mine satisfaite du pêcheur à la ligne qui vient de ferrer un gros poisson après avoir longtemps patienté. Meg serait obligée de reconnaître son mensonge, ce qui jetterait un doute systématique sur tout ce qu'elle avait dit et sur tout ce qu'elle dirait. À partir de maintenant, il ne lui resterait plus qu'à accepter le rôle ingrat d'une accusée, avouant et déplorant ses fautes, réduite à s'en remettre à l'indulgence du jury, poussée à faire des révélations pour se concilier les faveurs du tribunal. Tout allait rentrer dans l'ordre. Cette gourgandine de haut vol, vomie par le peuple, perdrait son arrogance.

Meg ne broncha pas. Elle prit un air inspiré et sombre pour proférer une réplique que lui eussent envié Sarah Bernhardt et Réjane :

— Cet homme, qui connaissait son déshonneur, s'y était résigné.

— Votre mari était donc un homme sans honneur !

— C'est vous qui le dites, monsieur le président. Êtes-vous chargé de faire le procès de la victime ? Respectez au moins la mémoire d'un mort ! Je refuse de m'associer à cette parodie de justice.

Le président de La Vallée ravala sa salive et articula faiblement :

— J'entends, madame, garder la direction des débats. Vous n'avez plus la parole.

Il s'embarqua alors dans une longue démonstration de la situation financière catastrophique du ménage Steinheil, les gages non payés aux domestiques, les dettes contractées à l'égard de tous les commerces des environs, les bijoux déposés au mont-de-piété, l'absence de commandes pour l'atelier de peinture. Pour se donner les gants d'être impartial, il ajouta en conclusion :

— À votre décharge, on peut néanmoins estimer que vous n'êtes pas une femme d'argent. Des professionnelles du métier auraient fait fortune, si elles avaient eu dans les mains les amants qui furent les vôtres. Les difficultés financières persistantes de votre ménage attestent un certain désintéressement. Mais il convient de noter aussi une prodigalité irréfléchie : quand on n'a plus les moyens, on se passe de domestiques, alors que vous en aviez deux. Nous avons eu par exemple connaissance du menu plantureux qui fut servi au dîner le soir du drame : homard et veau froid, achetés tous les deux à crédit.

— Vous oubliez la soupe aux choux, monsieur le président.

Il y eut des rieurs dans la salle. Marguerite venait encore d'obtenir un avantage. Elle en profita pour rajouter :

— Sur un point vous avez raison : je ne me suis jamais vendue.

C'était un aspect des choses important. Marguerite Steinheil se donnait les apparences d'une femme libérée, mais point vénale. Si elle n'avait pas tiré âprement parti de ses liaisons, cela signifiait que le mobile du meurtre ne pouvait être l'argent. Mais, pensa Raoul, quoi encore ? S'il n'y avait pas de mobile, il s'agissait d'un accident.

Durant le reste de l'audience, le président s'embourba dans la reconstitution minutieuse des deux dernières journées de Mme Japy, en espérant y trouver quelque indication sur les raisons qu'aurait pu avoir Meg de souhaiter la mort de sa mère. Les jurés et le public apprirent dans le détail l'heure d'arrivée de la mère de Meg le vendredi à la gare de l'Est, sa décision imprévue de loger impasse Ronsin plutôt que chez son autre fille, Juliette Herr, qui avait l'inconvénient d'habiter au cinquième étage sans ascenseur. On ne pouvait donc pas retenir la préméditation dans le drame. La présence de Mme Japy était fortuite et elle avait été mêlée à une affaire qui ne la concernait nullement. Le rapport d'autopsie penchait du reste vers l'hypothèse d'une mort naturelle suite à une crise cardiaque.

De guerre lasse, après une intervention en ce sens du ministère public, le président annonça que l'accusation de parricide était abandonnée par le tribunal et que la question y relative ne serait pas posée aux jurés. Meg impassible quitta le prétoire en ayant emporté la moitié d'une victoire.

Le lendemain, vendredi 5 novembre, la troisième audience fut consacrée à la question essentielle des bijoux, prétendument volés et confiés au bijoutier Souloy pour être démontés, ainsi que de la perle retrouvée dans le portefeuille de Rémy Couillard.

D'entrée de jeu, Meg consentit une révélation essentielle : il avait existé en fait deux jeux de bijoux, les vrais et les faux. Comme elle était contrainte régulièrement de gager les vrais au mont-de-piété, elle avait fait réaliser des copies bon marché qui lui permettaient de dissimuler l'état de nécessité dans lequel elle se trouvait souvent réduite. Le montant de la vente des tableaux lors de l'exposition d'avril avait servi à retirer les bijoux authentiques. Ceux-ci avaient été dissimulés dans la cachette du secrétaire, celle que ni les voleurs ni les policiers n'avaient trouvée. Les voleurs étaient donc partis avec de faux bijoux pratiquement sans valeur.

Raoul comprit enfin d'où provenaient les faux bijoux, qui n'avaient pas été volés par les bandits imaginaires, qui avaient été en revanche vendus très cher à l'Élysée et dont Arsène s'était débarrassé au pont d'Austerlitz. Sur un point secondaire au moins l'énigme était éclaircie. Meg avait négocié deux fois ses bijoux : une fois en prétendant qu'ils avaient été volés et que l'assurance devait les rembourser ; une seconde fois en demandant qu'ils soient détruits contre compensation par l'État.

Le président passa à l'affaire de la perle placée par Meg dans le portefeuille de Rémy Couillard pour faire inculper celui-ci. L'accusée admit sans difficulté qu'elle avait fouillé dans le portefeuille de Couillard, afin de retrouver une lettre adressée par Marthe à son fiancé, preuve que le valet était animé d'une passion perverse pour la fille de la maison. La lettre s'y trouvait effectivement. Dans un mouvement de colère, elle avait alors décidé de procéder à une épreuve destinée à confondre Rémy Couillard, qu'elle soupçonnait d'être complice des bandits, en les ayant renseignés et en laissant ouverte une porte-fenêtre du séjour.

Convoqué par sa patronne en présence de six témoins, Rémy s'était troublé et avait dit : « Je suis pris, je ne parlerai que devant le juge. » Cette sorte d'aveu avait renforcé Meg dans son soupçon et l'avait amenée à dénoncer Couillard qui avait été arrêté et gardé à vue pendant cinq jours. Le président n'allait pas rater cette occasion de confondre l'accusée :

— Non seulement votre dénonciation était calomnieuse, mais elle revenait à créer une fausse preuve de la culpabilité d'un innocent. Si la justice s'était laissé égarer, ce garçon risquait sa tête.

— N'est-ce pas le rôle de la police que de vérifier les renseignements qu'on lui donne ? N'est-ce pas un des trucs utilisés par la justice pour faire avouer les gens que de les confondre par une fausse preuve ?

— Pour l'honneur de la justice, que je représente ici, je vous affirme que jamais elle n'accuserait un innocent en mettant dans sa poche une perle qu'il n'a pas volée.

— Lorsque je me suis rendu compte que je m'étais trompée, j'ai été tellement bouleversée que j'ai voulu me suicider. J'ai envoyé la cuisinière acheter de la mort-aux-rats. En pensant à ma fille, j'ai renoncé à ce funeste dessein.

Et Meg s'effondra en sanglots déchirants. Le président fut à nouveau contraint de suspendre l'audience.

À la reprise de l'audience le lendemain, samedi 6 novembre, l'accusée pénétra dans son box en chancelant, soutenue par les deux gendarmes. D'un coup d'œil, Raoul déchiffra la réaction du jury : un mélange de pitié et d'horreur. Meg gagnait du terrain.

Rémy Couillard fit son entrée comme premier témoin, en grand uniforme de dragon parce qu'il effectuait son service à Provins. Il était tout faraud de bénéficier ainsi d'un rabiot de permission et d'un billet de chemin de fer seconde classe pour se rendre à Paris, dont les agréments valent mille fois ceux de la province. Il avait gaspillé le gros de sa solde la veille au soir dans un restaurant de Montmartre, le bouillon *Boulant*, et avait passé la nuit avec une prostituée sympathique et rigolote, qui s'était avérée à l'usage être aussi une payse et ne lui avait rien demandé que le prix de la chambre. Encore légèrement imbibé d'alcool, il affrontait ce lieu impressionnant sans gêne aucune.

Le président lui fit raconter par le menu comment il avait découvert sa maîtresse ligotée le 31 mai 1908. Entre son témoignage et le procès-verbal dressé par la police à l'époque, il apparut trois différences de taille : comment Meg était ficelée, comment elle était dévêtue et qui l'avait détachée.

— Je me souviens très bien qu'il y avait trois ficelles différentes, une autour des pieds et même enroulée autour de chaque orteil, attachée au lit, une autour du cou qui n'était fixée à rien et une autour des mains liées et croisées sur le ventre.

— Selon le procès verbal dressé par le commissaire Buchotte, de la Sûreté, les mains étaient liées derrière le dos.

— Ce n'est pas juste.

— Mais vous avez signé ce procès-verbal le lendemain en vous rendant au commissariat de la rue de Vaugirard !

— Je l'ai signé, mais on ne me l'a pas lu.

— Pourquoi ne l'avez-vous pas lu vous-même avant de le signer ?

Il y eut un long silence au terme duquel tomba d'une voix faible l'aveu que Raoul devinait :

— J'ai de la peine à lire.

Le président poussa un soupir et fit appeler à la barre le commissaire Buchotte pour s'expliquer sur cette contradiction. Le commissaire confessa qu'il avait pris des notes sur les lieux en interrogeant directement Couillard, mais qu'il avait fait rédiger le procès-verbal par son secrétaire, qui avait douze ans de maison. Pressé par le président, il finit par avouer que lui-même n'avait pas relu ce procès-verbal et qu'il n'était pas impossible que le secrétaire ait commis une erreur de transcription, car son écriture n'était pas très lisible. C'était évidemment gênant, puisque Meg aurait pu lier elle-même ses mains par-devant, mais pas dans son dos. Le commissaire était désolé, mais il s'excusa en invoquant l'affolement.

Le président en profita pour ironiser sur le travail de la police :

— Les procès-verbaux de la Sûreté ont sur les procédures de la justice un avantage énorme, le mépris total des formes : ce document est inutilisable, il a été rédigé par un fonctionnaire négligent, à partir de notes illisibles, et signé par un témoin incapable de les lire. Voyons ce qu'il en est des autres points.

Rémy Couillard revint à la barre pour affirmer que la chemise de nuit de Mme Steinheil n'était que très légèrement relevée, un peu plus bas que le genou. Le commissaire, suffoquant d'indignation, se souvenait très bien que, lors de l'interrogatoire, Rémy avait affirmé que sa maîtresse était entièrement nue, car la chemise était relevée au point de couvrir son visage, comme cela avait été noté sur le procès-verbal. Il était absolument sûr de ce détail qui l'avait frappé : « Ce sont des détails dont on se souvient toute sa vie, monsieur le président ! » La controverse s'éternisa devant un président excédé, un public goguenard et Meg glacée. Finalement, Rémy revint sur son témoignage :

— C'est par discrétion envers ma patronne que je n'ai pas répété ici en public ce que j'avais déclaré au commissaire. J'ai pensé que ce n'était pas convenable et que, dans un tribunal, il faut être sérieux.

— Être sérieux, Couillard, c'est dire toute la vérité, mais rien que la vérité. Nous ne sommes pas ici pour faire des politesses, précisa le président sévère.

Il passa à une autre contradiction : selon les procès-verbaux, Rémy aurait délié sa patronne, tandis que le voisin, accouru sur les lieux aux cris du domestique, un certain Maurice Lecocq, aurait trouvé Meg encore ficelée et l'aurait alors libérée. Rémy persista dans sa prétention d'avoir défait les liens et M. Lecocq vint à la barre pour répéter que c'était lui. Manifestement tous les deux voulaient s'attribuer le beau rôle. L'un des deux mentait, mais lequel ? Les procès-verbaux étaient contradictoires. Le président s'en prit à nouveau au commissaire.

— Vous ne vous êtes pas rendu compte qu'il y avait un désaccord entre les deux témoignages que vous avez recueillis sur place ?

— Il n'y avait pas de contradiction. Je ne me souviens plus de ces témoignages. Cela doit être une erreur du secrétaire. Et je vous rappelle que je n'ai pas relu les documents.

— On aura beau faire une enquête jusqu'à la consommation des siècles, on ne saura donc jamais qui a défait ces ficelles, soupira le président totalement accablé.

— Ce n'est sans doute pas très important, intervint pour la première fois Me Aubin, le défenseur de Meg.

— Non, maître, ce n'est pas très important car cela ne change rien sur le fond, avoua le président, découragé.

L'avocat de Meg n'allait pas rater une aussi belle occasion :

— Si vous le permettez, monsieur le président, je voudrais souligner qu'une enquête, tellement mal faite qu'il est impossible de déterminer la vérité sur des détails sans importance, une telle enquête ne parvient pas davantage à établir des faits graves, pour lesquels les témoins peuvent avoir de sérieuses raisons de dissimuler la vérité.

« D'ailleurs si un commissaire s'affole au point de ne pas remplir les devoirs de sa charge et de cautionner des procès-verbaux faux, incomplets ou contradictoires, le jury voudra bien comprendre que ma cliente, qui venait de perdre sa mère et son mari, qui avait été elle-même victime d'une agression, se soit aussi affolée et ait varié dans ses déclarations.

Le président de La Vallée jeta un regard reconnaissant vers l'avocat Aubin qui venait ainsi à son secours. Le procès tournait en eau de boudin, comme le souhaitait l'Élysée, mais la faute en incombait à la police, pas au tribunal. Sa promotion à la Cour de cassation n'était pas remise en cause.

Le dimanche 7 novembre fut consacré à une journée de repos, aussi bien pour Meg qui dormit tard, déjeuna légèrement et s'entretint l'après-midi avec son avocat, Raoul et un pasteur, que pour le président de La Vallée, satisfait des quatre premières audiences, mais épuisé par la confrontation perpétuelle avec une accusée aussi tenace et retorse. À six heures, Raoul se rendit à l'Élysée pour faire son rapport à Fallières, qui s'estima rassuré par le déroulement des opérations.

Comme le président de la République était avocat de métier, il ne se lassa pas de solliciter les détails les plus pittoresques des audiences. Il riait de bon cœur, ce qui détendit Raoul. D'autant plus que les deux hommes partageaient une bouteille de dom-pérignon en regardant distraitement le parc désert par la baie ouverte. Il faisait noir dehors, mais le phare situé au sommet de la tour Eiffel balayait lentement le ciel. Paris, la Ville-Lumière, se préparait à une belle saison. Abandonnant le sujet attristant du procès, les deux hommes se mirent à en parler. Raoul recommanda au président d'honorer de sa présence le ballet *Shéhérazade* de Diaghilev. Fallières rechigna, car il n'aimait guère l'avant-garde. *Giselle* et *Coppélia* étaient ses ballets favoris. Mme Fallières adorait positivement *Le Lac des cygnes*.

La conversation glissa sur la peinture. Picasso venait de commettre un tableau représentant sa maîtresse du moment, Fernande, prodigieusement enlaidie par la décomposition de son visage en petits éclats : cela s'appelait le cubisme et le résultat était hideux. Raoul pensait le contraire, mais il se garda bien de le dire. Le président avait en revanche rendu visite avec plaisir à Antoine Bourdelle, qui venait de terminer *Héraklès archer* : il appréciait le métier du sculpteur qui exaltait la force, la virilité, l'effort plutôt que les barbouillages d'un métèque espagnol, mettant en scène sa maîtresse du moment, sans doute une femme de mauvaise vie.

Au fil de la conversation à bâtons rompus, le meurtre de l'impasse Ronsin s'éloigna de la conscience de Raoul. Cela devenait comédie, une comédie de mœurs qui tournait à la comédie politique. Ce n'était pas une tragédie, mais une farce tragique, dont le ressort comique provenait de l'insignifiance des deux victimes, Adolphe Steinheil et Émilie Japy, face au panache de Meg. L'idée qu'elles soient mortes sans avoir vraiment vécu en rendant sa liberté à cette femme qui était la vie elle-même relativisait ce qui s'était passé, même si Raoul en était toujours à se demander ce qui était vraiment arrivé. Les deux morts devenaient irréelles, comme celles que l'on met en scène dans les romans ou bien au théâtre. Déjà, au milieu de la nuit du 30 au 31 mai 1908, la découverte des cadavres l'avait laissé insensible au sort des victimes. Il se demanda si son métier ne l'endurcissait pas trop. Il était fatigué. Il faudrait qu'il trouve le temps de se reposer. Il descendrait sur la Côte d'Azur. Tout Paris prenait l'habitude de passer quelques semaines d'hiver dans un climat plus doux. Il y avait un bon orchestre à Monte-Carlo.

Quand il sortit de sa rêverie, il se rendit compte que Fallières venait de rééditer le récit d'une de ses plaisanteries éculées. Comme Raoul parvint à rire de bon cœur, il fut invité à dîner et passa une soirée réconfortante. Armand Fallières, tellement fin sous ses apparences lourdes, avait compris qu'il avait besoin d'être rassuré dans l'épreuve qu'il traversait. En fin de soirée, Raoul confia au président que, si la vérité éclatait durant le procès, il avait pris ses dispositions pour s'enfuir. Après un temps de réflexion, le président l'encouragea dans sa décision.

Le lundi 8 novembre, l'accusation fit défiler une série de témoins à charge, en commençant par les beaux-frères de Meg, qui habitaient tous deux rue de Vaugirard, à proximité de l'impasse Ronsin. L'un et l'autre avaient rompu toute relation depuis des années avec la famille Steinheil, pour sanctionner les fêtes ruineuses, les fréquentations douteuses et le luxe tapageur de l'accusée. Comme ils la détestaient depuis longtemps en fonction de préjugés petits-bourgeois, ils servirent grandement sa cause en étalant leur aigreur et leur fiel. Ils représentaient bien l'opinion publique. Elle en voulait à Meg pour sa façon de vivre, dont le drame ne faisait que révéler la perversité : il n'était pas nécessaire qu'elle ait commis un crime ; on pouvait la condamner pour ce qu'elle était. Ils donnèrent à Raoul l'impression de deux rats d'égout sortis de leur cloaque, visqueux et aveuglés par le plein jour. Il s'étonna de ne pas voir une longue queue traîner dans les basques de leurs redingotes. Marguerite les tança l'un et l'autre à la satisfaction générale.

Les autres témoins à charge ne réussirent pas mieux à faire perdre contenance à l'accusée. Elle sortit victorieuse de son box et invita Raoul à partager son dîner au parloir, sous les yeux réprobateurs d'une religieuse de Saint-Vincent-de-Paul. Il s'agissait d'un gigantesque plateau de fruits de mer, apporté depuis le restaurant *Schaeffer* par un serveur en tablier blanc lui battant les talons. Meg était gaie, elle sentait une issue favorable se rapprocher, elle évoqua sa libération, mais se refusa à révéler ce qu'elle en ferait, se contentant de dire :

— Mon cher Raoul, vous serez stupéfait et, d'un seul coup, vous comprendrez tout ce que vous auriez dû comprendre depuis le début. Je ne suis pas sotte et je sais ce que je fais.

Le mardi 9 novembre fut gaspillé par l'audition de plusieurs médecins, celui de la famille, celui qui était venu examiner Mag libérée de ses liens, ceux qui avaient procédé à l'autopsie. Ils ne firent que répéter ce que l'on savait déjà, la mort par strangulation d'Adolphe et l'arrêt cardiaque de Mme Japy. L'autopsie, qui avait été recommencée à la demande du juge Victor, contredisait la première. Apparemment Adolphe n'avait pas été maintenu par un second homme, tandis que le premier l'étranglait. De même la rate de Mme Japy, qui était éclatée selon la première autopsie, ne l'était plus lors de la seconde. Ces contradictions ne reçurent pas la moindre explication, chacun des médecins légistes campant sur ses positions. Un élément du dossier de plus s'évanouissait dans la brume des incertitudes.

Le mercredi 10 novembre comparurent les deux derniers témoins à charge, ceux dont l'accusation attendait une estocade définitive, Mariette Wolf et son fils Alexandre. La première, en tant que domestique de longue date, devait être capable d'éclairer le tribunal sur l'atmosphère qui régnait dans la famille Steinheil, tandis que le second, faussement accusé, se répandrait en protestations indignées qui porteraient un coup fatal à la crédibilité de Meg. L'avocat général Drouhart, qui s'était tu jusqu'à présent, tenait à ce que les journaux ne l'accusent pas de complaisance. Il n'avait qu'un faible espoir de faire condamner Meg, mais il tenait à mener le combat jusqu'au bout.

Mariette Wolf fit son entrée, vêtue d'habits de deuil, très droite malgré ses cinquante-huit ans. Elle portait un chapeau de paille noir avec une voilette. C'était une femme fatiguée par une vie de travail, qui avait connu la misère, c'était la France laborieuse qui venait prendre la parole. Le président commença par lui demander si ses gages étaient régulièrement payés.

— Madame n'aurait pas pu me les payer, compte tenu des difficultés du ménage. Mais je n'en avais pas besoin. J'étais logée, nourrie, blanchie. Madame me payait les tenues de service. Si j'avais eu besoin de ces gages, je les aurais demandés et je suis sûre que Madame me les aurait donnés. Madame n'a jamais eu peur de se salir les mains. Très souvent, nous travaillions ensemble à la cuisine avant les réceptions, car deux domestiques n'auraient pas suffi à la tâche. Elle me traitait plus comme quelqu'un de la famille que comme une domestique. Elle m'a recueillie alors que j'étais dans la misère avec un enfant à charge. Ce sont des gestes que l'on n'oublie pas. Madame a fait beaucoup de bien autour d'elle, mais sans que cela se sache.

— Madame Wolf, personne au monde n'est aussi bien renseigné sur ce qui se passe dans une maison que les domestiques. Pourriez-vous nous dire quels étaient les rapports entre les époux Steinheil, et, en particulier, comment Monsieur réagissait aux multiples infidélités de sa femme ?

Mariette regarda le président avec commisération :

— Monsieur le président, lorsque l'on est au service d'une patronne, on voit tout et on ne dit rien.

— Voulez-vous dire qu'un secret professionnel vous empêche de témoigner librement ?

— Si vous voulez l'expliquer comme cela, cela me convient.

— Pourriez-vous néanmoins confirmer à la cour que Mme Steinheil recevait des amants au Vert-Logis à Meudon ?

— Madame n'avait pas autant d'amants que les journaux lui en ont prêté. Il y avait M. Borderel, qui payait le loyer et qui venait de temps en temps. Et puis le comte de Balincourt. Les autres, je ne m'en souviens pas. Je n'espionne pas.

Raoul jeta un coup d'œil en direction du jury. La réponse convenait aux jurés : les ouvriers étaient conquis par Mariette, femme du peuple, qui se refusait à jouer le vilain rôle d'indicateur tandis que les bourgeois étaient ravis par l'attitude de cette domestique de vieille tradition, loyale à l'égard de sa patronne. Tout se passait comme il fallait et la justice n'avait pas à fourrer son nez dans des histoires d'alcôve, qui sont des secrets de famille. Le président faisait peut-être son métier, mais c'était un sale métier.

Après cette escarmouche, le président n'obtint plus rien de Mariette, qui avait tout oublié de ce qui s'était passé dans les heures précédant le drame. Le 31 mai, prévenue tôt le matin, elle s'était précipitée impasse Ronsin pour venir à l'aide de Madame. Elle avait reconnu les corps à la demande du commissaire, puis elle avait aidé sa patronne à s'habiller et l'avait réconfortée. Elle avait calmé Rémy Couillard, tout à fait paniqué. En un mot, elle avait fait face au drame comme il convient pour une personne d'expérience, en apportant son assistance, en acceptant l'irréparable et en réparant ce qui pouvait l'être. Bien entendu, elle n'avait aucun doute sur le fait que des bandits étaient responsables du crime.

Le président brûla sa dernière cartouche en demandant à Mariette ce qu'elle avait ressenti, lorsque Meg avait accusé son propre fils d'être le meurtrier.

— Un inspecteur est venu me chercher pour me confronter avec Madame. Je lui ai dit, lorsque je l'ai vue, très faible et tourmentée par ces policiers : « Madame, je ne suis qu'une domestique, mais je puis vous dire que vous mentez. » On a amené mon fils et Madame a dit alors qu'elle s'était trompée, qu'elle avait cru le reconnaître parce que le meurtrier lui ressemblait. Alors elle m'a demandé pardon, je l'ai embrassée, je lui ai pardonné et nous avons pleuré ensemble, jusqu'à ce que les policiers m'aient expulsée. J'ai été chercher du linge pour Madame que je lui ai apporté à la prison, avec un panier de provisions.

La partie réservée au public debout était occupée surtout par des femmes de tout âge et de toutes conditions. Raoul entendit des sanglots à peine étouffés, des nez mouchés, des murmures.

Le dernier espoir de l'avocat général était Alexandre Wolf, injustement accusé. Ce fut une désillusion totale, puisque celui-ci n'avait même pas été interrogé par le juge d'instruction, compte tenu de l'incontournable alibi fourni par son emprisonnement. Il affirma n'éprouver aucune rancune envers Marguerite Steinheil. La famille Wolf témoigna ainsi en public de son indéfectible attachement à la maison Steinheil. Seul dans le prétoire, Raoul connaissait la véritable cause de celui-ci et le montant de la transaction qu'il avait négociée.

Le jeudi 11 novembre, la défense fit défiler des témoins à décharge qui ne cessèrent de louer Meg. Me Aubin avait réussi à retrouver son amour de jeunesse, ce jeune lieutenant qu'elle n'avait pu épouser par suite de l'opposition de son père et qui était devenu capitaine. Ce fut le bouquet final d'un feu d'artifice :

— Mlle Steinheil était une jeune fille très bien éduquée dans une famille unie. Elle était douce et pleine de talents artistiques. Elle était totalement désintéressée puisqu'elle voulait m'épouser malgré mon absence de fortune. Nonobstant le refus de son père, elle n'a pas cessé de respecter celui-ci. Elle avait une véritable adoration pour sa mère. Je suis convaincu qu'il est impossible qu'elle ait pris part à un crime aussi monstrueux.

Ces paroles prononcées par un officier en grand uniforme firent une impression décisive sur les jurés. L'amoureux éconduit par le père, venant après vingt ans témoigner en faveur de celle qu'il avait aimée d'un pur amour, bouleversa Meg, qui fondit en larmes et fut rejointe par une cohorte de pleureuses dans le prétoire.

Si le père Japy n'avait pas fait jadis obstruction, Marguerite aurait filé le parfait amour avec un jeune officier promis à un bel avenir. Ils auraient eu beaucoup d'enfants et le drame de l'impasse Ronsin ne se serait jamais produit. Tout cela était conforme aux conventions du théâtre de boulevard, en fonction duquel le peuple de Paris sécrète sa sagesse quotidienne. Un père sans cœur faisait pleurer Margot, réduite au trottoir pour nourrir sa fille, honteusement accusée d'un meurtre qu'elle n'avait pas commis, tenant courageusement tête face à un tribunal infâme malgré ses sanglots et ses évanouissements. Quel spectacle édifiant, quelle leçon de vie, quelle preuve éclatante de la supériorité morale des femmes sur la force physique des hommes !

IX

Le réquisitoire de Drouhart constitua le chef-d'œuvre caché de Raoul. L'avocat général s'était révélé encore plus souple que le président de La Vallée. Au départ, il n'était qu'un modeste avocat de province, qui avait dû sa promotion à un passage par le cabinet de Méline, alors président du Conseil. Il en avait été écarté, suite à une mauvaise affaire de mœurs. Comme il se piquait de littérature, il croyait du dernier chic de fréquenter des écrivains. En mars 1898, il avait participé à la reconstitution clandestine d'un banquet de l'Antiquité grecque avec Oscar Wilde, Victor Gide, Robert de Montesquiou, Marcel Proust et même le commandant Esterházy, présent partout où il ne fallait pas. Les petits poulbots, qui jouaient le rôle de serveurs déguisés en pâtres vêtus de toges transparentes, faisaient malheureusement partie d'un patronage, dont l'aumônier avait porté plainte. Grâce à la présence de Drouhart et moyennant finances pour les parents des garçons, l'affaire avait été proprement étouffée à la Sûreté, tandis que le vicaire moralisateur était expédié par l'archevêché en Aveyron pour lui apprendre les réalités de la vie. Mais on avait noté en haut lieu que ce magistrat était désormais taillable et corvéable à merci.

Drouhart écouta donc Raoul avec la plus grande attention, quand celui-ci exprima en termes ouatés les souhaits de l'Élysée. L'avocat général proposa d'abord d'abandonner la charge de meurtre pour la réduire à celle de complicité, qui entraînerait une condamnation de principe, mais qui sauverait de toute façon la jolie tête de Meg. Raoul l'en dissuada. Il fallait au contraire charger Meg d'avoir commandité un meurtre, qu'elle aurait été bien incapable de commettre physiquement, pour amener le jury à répondre par la négative. Il fallait que le réquisitoire soit si implacable que ses conclusions paraissent irréalistes et qu'elles puissent être aisément démontées par le plaidoyer le Me Aubin.

En sortant de son unique entretien avec Drouhart, Raoul éprouva le besoin de se rendre dans un hammam turc, qui faisait fureur dans une rue adjacente aux Champs-Élysées. Non seulement il s'y lava, mais il se fit transpirer comme si les toxines biologiques éliminées par son corps emportaient avec elles les miasmes contagieux d'une lèpre morale. Dans la plupart des affaires, il fonctionnait comme un machiniste du théâtre politique. Avec cet individu, il éprouvait le sentiment d'être devenu un égoutier.

D'entrée de jeu, Drouhart abandonna l'accusation de parricide envers Émilie Japy. Aucun mobile n'était imaginable, car les relations entre la mère et la fille étaient excellentes. Il se donna ainsi d'emblée les gants d'être réaliste et pondéré.

En revanche, il traça un tableau horrible des relations entre les époux Steinheil. Marguerite et Adolphe ne cessaient de se disputer pour des questions d'argent. Elle voulait donc se débarrasser de lui en vue d'épouser son amant en titre, l'excellent M. Borderel, industriel fortuné, résidant dans un château, veuf depuis peu, mais catholique obsessionnel, qui refuserait de se remarier avec une divorcée. Entre Marguerite et la sécurité financière ne se dressait que l'infortuné peintre, passé de mode. Après avoir remboursé les dettes les plus criantes du ménage avec l'argent retiré de l'ultime exposition des croûtes conjugales, Marguerite se retrouva le samedi 30 mai aux abois. Elle avait décidé alors de se débarrasser d'un mari importun et incapable, en vue d'un remariage.

Comme elle n'avait pas la force physique d'étrangler Adolphe, elle engagea pour son forfait un ou deux complices, hommes ou femmes, « dans son entourage immédiat ». Elle leur ouvrit la porte vers minuit, ce qui expliquait l'absence d'effraction et le fait qu'il n'y ait pas de traces de boue sur le sol malgré la pluie de la nuit. Ces familiers de la maison étaient bien élevés et ils s'essuyèrent les pieds sur le paillasson de l'entrée, comme lors d'une visite normale. Ils commirent froidement leur forfait sous les yeux indifférents de Meg. Malheureusement sa mère se réveilla et tomba, foudroyée par une crise cardiaque. Marguerite se laissa ensuite ficeler par ses complices et attendit d'être découverte le matin par Rémy Couillard. Elle simula le vol des bijoux en cachant ceux-ci dans un tiroir secret. Elle inventa les détails de la femme rousse, des bandits avec de fausses barbes, engoncés dans des lévites noires, à partir d'un fait divers rapporté par les journaux. De même, elle se fit ficeler les orteils pour égarer les soupçons vers la bande d'Issy-les-Moulineaux.

Raoul songea que cette reconstitution avait le mérite de ne pas passer tellement loin de la réalité.

Elle n'était pas sans péril, si Me Aubin ne jouait pas à son tour le rôle convenu. Celui-ci attendit paisiblement que Drouhart ait terminé sa démonstration pour interrompre :

— Monsieur l'avocat général, qui donc sont ces personnes de l'entourage de Mme Steinheil qui auraient pu commettre le meurtre ?

— Nous n'avons pas trouvé de preuves suffisantes pour désigner celui-ci ou celle-là.

Meg interrompit à son tour :

— Puisque vous avez des soupçons, formulez-les honnêtement au lieu de laisser planer un doute sur beaucoup de personnes. Qui est-ce ? Dites-le puisque vous prétendez le savoir, même si vous ne pouvez le prouver.

Ainsi que cela avait été convenu avec Aubin, Drouhart se tut longuement, comme s'il était embarrassé, comme s'il venait de découvrir la faille de son réquisitoire, de façon à donner aux jurés les moins futés le temps nécessaire pour comprendre ce qui se passait. Après un long silence, il reprit sur le ton de l'admonestation morale :

— Madame Steinheil, vous connaissez la réponse à cette question. Vous pourriez passer des aveux. Vous auriez droit à la pitié du jury et aux circonstances atténuantes dans le prononcé du jugement. Mais je sais que vous n'aurez pas cette idée.

— Si vous le savez, monsieur, c'est que vous savez aussi que je suis innocente. Vous accusez des inconnus puisque vous ne pouvez pas prouver que je suis l'auteur de ce crime horrible.

En dédaignant cette réplique, Drouhart se tourna vers le jury.

— J'ai la prétention d'avoir démontré que mes accusations sont l'exacte vérité. D'après l'œuvre, j'ai reconnu l'auteur et, je vous le dis, l'artisan, le voilà. Si j'ai su vous convaincre, je sollicite votre fermeté et votre sagesse. Tenez haut et ferme le glaive de la justice.

Raoul sourit : cette dernière phrase provenait d'une comédie de Flers et Caillavet. Drouhart aimait trop la littérature. Cependant Me Aubin s'était levé et il articula d'une voix retentissante :

— Dans vos insinuations de tout à l'heure, oui ou non avez-vous visé Mariette Wolf ou encore son fils Alexandre, par l'intermédiaire duquel un tueur aurait été recruté ? Ou bien encore Rémy Couillard ? Vous ne pouvez pas laisser cette question sans réponse. Ma cliente ne peut être accusée d'être l'instigatrice d'un crime dont vous êtes bien en peine de désigner l'auteur.

Drouhart se tut, confirmant ainsi aux yeux du jury que le dossier de l'accusation était vide sur ce point essentiel.

Le samedi 13 novembre, la dernière audience fut réservée à la plaidoirie de Me Aubin. Il prit son temps et demeura simple et clair, car il n'avait nul besoin des ressources de l'éloquence pour démonter une accusation branlante. Mais avant de commencer, il demanda au président d'appeler à la barre Mariette Wolf qui se trouvait dans la salle. La domestique, robuste et sévère, vêtue de noir, fixa Drouhart :

— Je vous ai entendu dire que les assassins venaient de l'entourage de Mme Steinheil. Or j'en fait partie comme mon fils. M'avez-vous désignée comme l'assassin ? On pouvait le croire en vous écoutant et les journaux ne s'en sont pas privés. Je ne suis qu'une domestique, mais je vous demande des excuses.

Drouhart se tut, en exprimant, par un visage fermé, toute l'indignation que suscitait en lui cette demande incongrue. Il jeta un regard désespéré vers le président qui intervint :

— Personne ne vous a nommée, madame.

— Si, l'avocat général.

— Non, madame, c'est une mauvaise interprétation du réquisitoire. L'incident est clos, retournez à votre place.

— Il m'a traitée de mégère et les journaux m'accusent.

— Le tribunal ne lit pas les journaux.

Une douce hilarité gagna la salle, que le président menaça de faire évacuer. Me Aubin se lança dans sa plaidoirie en profitant de cette atmosphère complice. Il parla deux heures d'affilée, en défaisant le portrait de Meg en tant que monstre dès son enfance, de même que la fiction des rapports tragiques entre les époux Steinheil. Il n'esquiva pas les nombreuses infidélités de Meg, mais en évitant de les mettre en rapport avec une compensation financière quelconque, fût-ce par la vente de tableaux.

— Ma cliente est entrée dans le monde de l'art en 1895. De multiples prétendants lui ont fait une cour pressante et elle a succombé. La voilà infidèle. Mais n'y a-t-il pas aussi une part de responsabilité chez les séducteurs, qui promettaient d'aider le mari en achetant ses tableaux, ce mari qui ne fit face aux amants que pour faire leur portrait ?

Me Aubin ne mentionna même pas qu'un de ces amants était Félix Faure. Ni le président ni l'avocat général n'eurent le mauvais goût ou l'inconscience de rappeler ce fait par lequel Meg était entrée sur la scène parisienne. On ne parla pas non plus du président de la Chambre, ni de Léopold II, ni surtout d'Édouard VII, ces deux derniers étant du reste morts. Bref, on resta entre gens de bonne compagnie qui ne déballent pas des secrets de famille en public.

Ensuite l'avocat s'attacha à détruire le mobile invoqué par l'accusation. Le brave M. Borderel n'avait nullement l'intention d'épouser une femme comme Meg, qui avait trop occupé la presse à scandale pour que son insertion dans la bourgeoisie provinciale soit imaginable. Suite à ce qui s'était passé impasse Ronsin, il était évident que le plus ténu espoir de mariage s'évanouissait.

Enfin il se lança dans une péroraison fignolée lors de séances avec Raoul.

— Messieurs les jurés, contemplez ici cette femme, qui n'est qu'une victime et que l'on accuse d'être coupable. Le 30 mai 1908, elle perdit sa mère et son mari. Mais ce n'est pas tout : par un emprisonnement prolongé bien au-delà des besoins de l'instruction, dont le seul but était de lui faire avouer n'importe quoi, elle fut privée de sa fille. Ah ! Laissez-moi parler de cette enfant admirable, qui rendit visite tous les jours à sa mère, malgré une santé chancelante, dans les locaux infâmes d'une prison sordide. En mai 1908, elle a tout perdu, son père et sa mère, sa grand-mère et même l'amour de son fiancé qui ne supportait pas le harcèlement de la presse.

Meg se mit à sangloter bruyamment. Son avocat continua sur ce contrepoint intéressant :

— Donnez à la mère et à la fille l'ultime consolation de pouvoir se retrouver, en bénissant tous les jours votre justice clairvoyante.

Meg s'effondra et fut évacuée de la salle d'audience portée par deux gardes, l'un tenant ses pieds, l'autre ses aisselles. Le jury, consterné, se retira pour délibérer, tandis que le public partit se restaurer dans les brasseries accueillantes des places du Châtelet, Saint-Michel et Dauphine. Le froid incita à se sustenter de nourritures substantielles, choucroutes, pots-au-feu, cassoulets et ragoûts. La bière et le vin coulèrent à flots, plus quelques remontants et digestifs. Il fallait oublier la réalité, qui après tout n'était peut-être qu'une illusion comme une autre, produite par le manque d'alcool dans les cerveaux.

Raoul n'avait pas faim. Il buvait un grog au *Café de la Terrasse*, en face du Théâtre du Châtelet, en compagnie d'Arsène qui s'efforçait en vain de dérider son patron. Il avait enfilé les dictons de sa façon : « Les temps vont changer, les gens vont chanter. » « L'accusation provoque l'effroi de la dame en niant le droit de la femme. » « Débats contestables, combats détestables. »

Autour d'eux les discussions étaient passionnées. Le public masculin aurait bien aimé être à la place du jury, pour infliger une condamnation exemplaire à cette femme qui avait le tort d'être à la fois belle, distinguée, dépensière, oisive et adultère. Même si elle était proclamée innocente au regard de la loi, elle demeurait coupable à celui de l'imprescriptible morale. Les femmes avaient plutôt tendance à se taire et à verser des larmes discrètes, essuyées au coin des yeux par de petits mouchoirs de batiste. Les serveurs circulaient imperturbables, ravis de cette clientèle inattendue un samedi soir dans un quartier de bureaux. L'haleine des consommateurs formait une buée sur les vitres, que Raoul essuyait de temps en temps pour guetter un mouvement de l'autre côté de la Seine.

Il avait peur, il ne pouvait pas se le cacher. Si Meg était condamnée, même légèrement, elle pouvait lancer une révélation de dernière minute, avant d'être enfermée au secret. Dans un de ces coups de théâtre qu'elle affectionnait, elle pouvait le désigner d'un bras vengeur à la stupéfaction de tous. S'il n'avait pas le temps de s'enfuir, s'il était rattrapé, Raoul se retrouverait menotté, emmené au dépôt, accusé d'outrage à la justice, de dissimulation de preuve, de complicité de meurtre et, pourquoi pas, du crime lui-même. Comment passait-on sa dernière nuit, quand on était promis à la guillotine du petit matin ? Quelle sensation créait la lame triangulaire en s'enfonçant dans la nuque ? Ne devait-il pas se précipiter tout de suite au volant de la Peugeot pour mettre en quelques heures une frontière entre lui et ce tribunal de tous les dangers ?

Il fut tiré de cette méditation angoissée par un mouvement de la foule qu'il suivit comme en rêve. Arsène l'accompagna jusqu'à la porte du Palais, en le tenant par le bras. La nuit était noire et glaciale, une sorte de brouillard se déposait sous forme de givre et Raoul marcha comme un condamné. Sa vie allait se jouer dans les minutes qui venaient. La décision était déjà prise, elle allait lui être signifiée. Dans la brume de ses sens, il perçut l'entrée du jury puis celle de la cour. À l'invitation du président de La Vallée, le chef des jurés se leva :

— En mon âme et conscience, devant Dieu et les hommes, la réponse du jury est « non » à toutes les questions.

Raoul ne comprit d'abord pas le sens de ces paroles. Il ne réalisa sa propre justification qu'en voyant la salle se lever et applaudir frénétiquement le président qui prononça :

— L'accusée est libre.

Meg s'évanouit et, pour une fois, ce n'était pas feint. Le médecin de garde l'aida à sortir du prétoire. Raoul fendit la foule et rejoignit la salle où l'acquittée se remettait, soutenue par son avocat. Un garde se mouchait bruyamment dans un gigantesque mouchoir rouge à pois blancs. Meg se pendit au cou de Raoul et lui murmura à l'oreille ces paroles, auxquelles il ne put résister : « Merci, mon cœur, tu m'as sauvée. Je ne l'oublierai jamais. Et je te dirai tout, mais pas ici. Partons ! »

Un gendarme vint apporter l'information que la foule s'était amassée place Dauphine et que des curieux affluaient de tout Paris, parce que la nouvelle s'était répandue comme une traînée de poudre. Les rotatives des journaux tournaient pour diffuser des éditions spéciales, bien que l'on soit très tard dans la soirée. À la demande de Raoul, le président accepta à titre exceptionnel que la levée d'écrou se fasse au dépôt du Palais de Justice et non à la prison Saint-Lazare, dans laquelle Meg ne retournerait pas, même pour une formalité.

Arsène commanda la manœuvre. La fille du directeur du dépôt s'installa à l'arrière d'une voiture. Elle portait une voilette qui dissimulait son visage. Au moment où la voiture franchit la grille donnant sur la place Dauphine, le directeur du dépôt donna, à haute voix, l'ordre de se rendre à Saint-Lazare. La voiture fut aussitôt prise en chasse par les taxis loués par les journalistes.

Meg prit place dans la Peugeot de Raoul conduite par Arsène. Pendant ce temps, Me Aubin répondait aux journalistes restés sur place. La voiture de Raoul fit de multiples circuits dans Paris, jusqu'à ce qu'il soit sûr d'avoir égaré tout poursuivant. Il avait réservé d'avance deux chambres à l'hôtel *Terminus* de la gare

Saint-Lazare sous les noms du comte et de la comtesse Thibaut de Mézières. Meg n'était pas identifiable sous sa voilette et, d'ailleurs, la réception de l'hôtel faisait preuve d'une discrétion toute professionnelle à l'égard des couples débarquant sans bagages au milieu de la nuit. Après avoir garé la Peugeot dans la cour de l'hôtel, Arsène s'installa dans le corridor sur un fauteuil, enroulé dans une couverture, un pistolet à portée de main. Un champion de la morale un peu excité pouvait avoir l'idée de faire justice ou, plus dangereux encore, un service de police inconnu – il y en avait tellement – avait peut-être reçu l'ordre de liquider un témoin gênant.

Dans la chambre, Meg fut accueillie par un immense bouquet de fleurs et une bouteille de dom-pérignon dans un seau de glace. Le quartier de la gare restait animé malgré l'heure tardive. Des voitures circulaient. Par la fenêtre, Meg contempla cette agitation joyeuse dont elle avait été privée pendant une année. Elle alla ouvrir la porte de communication entre les deux chambres. Toute trace de fatigue ou de nervosité s'était dissipée. Elle était maîtresse d'elle-même et de la situation, comme si rien ne s'était passé, comme le premier soir où Raoul l'avait conduite jusqu'à Rambouillet. Elle embrassa Raoul et lui fit promettre d'être sage pour demeurer fidèle à sa fiancée, Florence. Ils burent le champagne à deux et chacun s'écroula sur son lit.

Raoul fut réveillé par une odeur de pâtisserie sortant du four. Un grand soleil inondait sa chambre dont Meg venait d'ouvrir les rideaux. Sur son lit se trouvait un somptueux plateau d'argent, couvert d'un petit déjeuner dont les croissants exhalaient le parfum de Paris. Meg était assise en tailleur sur la courtepointe et buvait une tasse de thé, en lapant à petites gorgées comme une chatte sa soucoupe de lait. Elle souriait, les rides amères étaient effacées des deux côtés de sa bouche. Cela ressemblait à un de ces contes des *Mille et Une Nuits* où un génie produit des merveilles à la demande. Raoul, toujours réaliste et pratique, se demanda si Meg ne s'était pas maquillée durant le procès pour paraître plus triste et angoissée qu'elle ne l'avait été en réalité.

— Grand paresseux, je te donne une demi-heure pour être sous les armes et nous quittons Paris.

— Pour aller où ?

— Pas à Rambouillet. À Calais. Il faut y être à cinq heures au plus tard. La malle des Indes arrive par l'express Marseille-Calais. Un bateau doit transporter le courrier et quelques passagers jusqu'à Douvres. On m'y attend.

Elle se tut en jouissant de l'effet de surprise. Avec un sourire félin, elle étala de la confiture d'oranges amères sur un toast en fixant Raoul, qui articula finalement :

— J'ai compris.

— Ce n'est pas trop tard. Tu comprends vite, lorsqu'on t'explique longtemps.

— Comment aurais-je pu comprendre ?

— Tu comprendras les actions de tous ces gens que tu rencontres dans des circonstances insolites en te plaçant, fût-ce une minute, dans leur peau. En oubliant tes préoccupations, tes aspirations, ta carrière en un mot et en admettant qu'ils puissent, eux aussi, avoir le même égoïsme.

Raoul ne répondit pas. En un éclair il réalisa que depuis le début il s'était préoccupé non de Meg, de la République ou de la morale, mais de son ambition. Dans son métier, l'altruisme, la compassion, l'abnégation étaient peut-être des ingrédients nécessaires.

— Mon cher Raoul, je ne vais pas te laisser languir plus longtemps dans ton incertitude. Tu aurais pu déchiffrer l'énigme que je t'ai posée, dès le premier soir du voyage vers Rambouillet, simplement en acceptant de te mettre à ma place et d'imaginer ce que j'ai vécu, en compatissant réellement plutôt qu'en essayant de me déplacer comme un pion sur l'échiquier de la République. Tu prétends être chargé de la stabilité des institutions, alors que tu organises ton ascension dans les échelons de la fonction publique. Peux-tu comprendre que je me charge de mon bonheur à moi ?

« Comment voulais-tu que je survive dans la société alors que je ne connais aucun métier, que l'on m'a fait perdre mon temps lorsque j'étais jeune fille en limitant mes capacités au piano, à la broderie et à la valse ? Je ne suis même pas capable de cuisiner puisqu'il était convenu d'avance que je disposerais d'une domestique. Je ne pouvais pas ravauder une chaussette parce que l'on m'avait uniquement appris l'art de la broderie, c'est-à-dire celui de l'inutile.

« J'aurais pu survivre en cultivant le jardinet de mes sentiments, en épousant un petit lieutenant et en vivant modestement de sa solde, mais au moins j'aurais eu des compensations. Ma mère a consenti à ce que j'épouse un homme plus âgé, sans évaluer sa capacité à gagner sa vie. J'étais bien incapable de découvrir ce qu'il en était. Avant mon mariage, je n'avais jamais eu dans ma bourse que les quelques francs que mes parents me donnaient pour acheter une babiole. Je n'avais jamais réglé une facture. Je ne savais pas ce que c'était qu'un chèque ou un compte en banque. Lorsque j'allais chez la couturière, ma mère m'accompagnait et réglait celle-ci en sortant des pièces d'or de son sac, comme d'une source miraculeuse. J'ai vécu dans un conte de fées.

« Ma mère s'est débarrassée de moi, lorsque, à vingt et un ans, j'ai commencé à monter en graine. À moindres frais, sans dot substantielle. Dès lors, j'ai été livrée à moi-même. J'ai découvert qu'il fallait vendre les tableaux d'Adolphe pour survivre, qu'il n'y avait strictement aucun autre moyen de gagner de l'argent. J'ai d'abord fait les honneurs de l'atelier, puis du Salon. Et j'ai compris : la peinture d'Adolphe était devenue invendable, passée de mode, dénuée d'intérêt pour les critiques et les marchands, ridicule aux yeux des gens du monde toujours un peu snobs.

« Je n'avais plus rien, aucune fortune, aucun emploi, aucun mari capable de se débrouiller. C'est donc moi qui me suis arrangée en vendant la seule chose que je pouvais vendre, mon corps. Aucun homme n'est jamais obligé de faire cela. Tu ne peux pas imaginer ce que cela signifie, une étreinte où il faut dissimuler son dégoût, surmonter une nausée physique. Représente-toi Jérémie Laideret se soulageant dans mon corps, dans moi-même, dans ce que j'ai de plus précieux. Tu comprendras que j'aie tout fait pour mettre un terme à cette horreur.

« Et puis, je me suis sentie vieillir aux approches de la quarantaine. Adolphe se déprimait. Il peignait de moins en moins et de plus en plus mal. La dernière exposition en avril 1908 a permis de liquider à bas prix les toiles qui demeuraient. J'ai récolté six mille francs. Une fois les dettes remboursées, les bijoux retirés du mont-de-piété, fin mai, il n'y avait plus rien. Rien de rien. Ni tableau, ni peintre, ni argent à la banque. Mes bijoux à remettre en gage. Et puis la misère noire. L'asile pour Adolphe. Du travail dans un atelier de couture pour Marthe et moi. Ou une place de vendeuse dans un grand magasin. Une petite mansarde, des hardes que l'on répare jusqu'à ce qu'elles soient trouées, des repas misérables, la vieillesse qui vient.

« Le samedi 30 mai, lorsque Édouard VII est arrivé à Paris, j'ai reçu un appel téléphonique très tard, vers onze heures, de Lord Abinger. Il ne me demandait pas un rendez-vous pour le roi, mais pour lui-même. Il était impossible d'aller au Vert-Logis parce que Marthe s'y trouvait déjà. Il me restait l'impasse Ronsin. C'était un gros risque que je n'avais jamais couru jusqu'à ce jour. Mais je n'avais pas le choix. J'étais aux abois. Ma mère et mon mari étaient déjà montés se coucher.

Elle se tut, un peu essoufflée d'avoir tellement parlé. Elle se leva du lit, suivie par Raoul comme hypnotisé. Ils allèrent à la fenêtre et contemplèrent la circulation devant la gare Saint-Lazare, des camions de brasseurs livrant leur bière aux restaurants, des fiacres pressés par leurs clients, un panier à salade emportant un plus malheureux qu'elle vers son destin de prisonnier de la République, une et indivisible, libre et fraternelle, inégalitaire en désespoir de cause. Elle était maintenant du bon côté. Elle avait fait jouer à temps les ressorts du pouvoir en sa faveur.

— Continue, toi, Raoul, puisque tu as compris !

— Lord Abinger est venu, accompagné du domestique indien d'Édouard, car il n'était pas trop rassuré à l'idée de se promener seul dans des quartiers de Paris mal éclairés, qu'il ne connaissait pas. En passant, il avait déposé le roi chez Liane de Pougy rue de la Néva avec consigne de venir le reprendre deux heures plus tard. Arsène a vu les deux hommes, parlant en anglais, pénétrer dans ton pavillon. Et puis quelque chose s'est passé, qui a fait du bruit au point que ton mari est descendu avec sa canne-épée. Abinger et l'Indien l'ont désarmé et, dans la bousculade, Adolphe a été étranglé.

— Oui, par l'Indien qui était muni d'une cordelette en soie avec deux poignées. C'est l'arme traditionnelle de la secte des thugs. Cela a été fait en un éclair. Robert n'y a été pour rien, sauf qu'il tenait Adolphe par les deux bras pour l'empêcher de lui passer l'épée à travers le corps.

— Robert ?

— Robert Scarlett, sixième baron Abinger, membre de la Chambre des lords. Et pourquoi était-il là ? Et pourquoi avais-je accepté de le rencontrer impasse Ronsin, à l'encontre de toutes les règles que je m'étais fixées depuis plus de dix ans ?

Raoul se tut, n'osant formuler sa pensée.

— Pour ce que tu n'imagines même pas, Raoul. Non pas pour me traiter comme une prostituée. Ce n'est pas le genre de la famille Abinger. Mais pour me demander en mariage.

— Et Adolphe ?

— Robert Abinger me demandait de divorcer. Les raisons ne manquaient pas. Et pour lui, qui est veuf et anglican, épouser une Française divorcée, cela ne posait aucun problème. Et ma vie antérieure à Paris comptera pour rien à Londres. Je serai baronne, je serai riche, je serai respectée, je ne devrai plus livrer mon corps en pâture à des sots.

Raoul sentit un tel pincement au cœur qu'il prononça une phrase bien indigne. Il la regretta déjà en la prononçant :

— Tu aimes Abinger ? Il n'est pas beau, il est même roux comme seuls les Anglais peuvent l'être.

— En France, on n'aime ni les Juifs, ni les protestants, ni même les roux, parce qu'ils sont tous différents du Gaulois standard à grosse moustache et à nez rouge. En Angleterre, on vit et on laisse vivre. Quand je serai dans mon château du Surrey, j'oublierai Beaucourt et l'impasse Ronsin, mais j'oublierai surtout l'esprit mesquin de la France qui ne supporte pas les différences. J'ai donc laissé éclater ma joie, un peu trop bruyamment au point que le premier étage s'est réveillé. Et la complication du divorce a été résolue par ce qu'il faut bien appeler un accident. Mais un accident qui aurait mené à un procès d'assises. Et l'Indien aurait certainement été guillotiné. Et Robert condamné pour complicité. Il fallait utiliser les grands moyens pour brouiller les pistes. Il fallait que tu t'en mêles en croyant que tu protégeais de la sorte Édouard, parce que, pour un roi, tu étais obligé d'agir, parce que tu avais derrière toi l'Élysée, parce que la faute de ce thug devenait celle de la République.

Raoul sourit. Il se rendit compte qu'il n'en voulait pas à Meg. L'intelligence du procédé excusait les transes qu'il avait vécues et sa déception au moment de la perdre. Comme toujours, la solution d'une énigme était simple, dès lors que l'on s'abstrayait des préjugés. Il restait une dernière inconnue.

— Pourquoi as-tu obstinément relancé l'affaire jusqu'à te retrouver en cour d'assises ? Tu l'as fait exprès !

— Parce qu'un article du Code pénal précise que toute personne acquittée ne peut plus être accusée en raison du même fait. L'action judiciaire de l'impasse Ronsin est définitivement éteinte. La justice française ne pourra plus inquiéter Robert Abinger. Il m'attend à Douvres. J'ai sa promesse de mariage.

— Tu as passé une année en prison pour un Anglais roux ! À sa place je me serais dénoncé.

— Sans vouloir te faire de la peine, je ne te crois pas. Mais pour toi, je serais restée dix ans en prison.

La peine de Raoul était visible. Elle sourit.

— J'ai sa promesse écrite de mariage. Avec une reconnaissance des faits. Nous laisserons passer quelques mois ou quelques années même. Je ne suis pas pressée. Je vivrai dans son château du Surrey. C'est une famille qui a du bien. Le premier baron Abinger a été anobli en 1835, James Scarlett, un excellent juriste qui a ramassé une fortune. Son fils, James Yorke, a mené une charge à Balaklava en tant que général commandant une division de cavalerie. Il a infligé une déroute aux Russes et la famille en a retiré d'importants bénéfices sous forme de terres données par la Couronne. C'était le grand-père de Robert.

Raoul conduisit Meg à Calais où elle s'embarqua pour l'Angleterre. Tandis que le bateau s'écartait du quai, ses yeux se mouillèrent, ce qui lui arrivait très rarement. Arsène à ses côtés tira la morale de cette affaire :

— Elle passe d'Édouard à Roger. Où qu'il se trouve maintenant, ce roi s'en fout de ce roux sans foi.

Meg ne revint pas en France et Raoul ne la revit plus. Mais il ne l'oublia jamais.

Jean-François Parot

Les enquêtes de Nicolas Le Floch

1761, Nicolas Le Floch quitte sa Bretagne natale pour entrer au service de M. de Sartine, chef des affaires secrètes de Louis XV. Secondé par l'inspecteur Bourdeau et par Sanson, il va devoir résoudre les plus sombres affaires du Paris du XVIIIe siècle : meurtres politiques, liaisons secrètes, complots... La capitale lui réserve de nombreuses surprises. Avec un sens du détail et un art du non-dit, Jean-François Parot nous entraîne dans ce siècle des Lumières où règnent l'obscurantisme, la corruption et la cruauté.

n° 3260 – 7,30 €

Viviane Moore

Les enquêtes de Tancrède

Entre la Normandie et la Sicile, sur terre et sur mer, la destinée du mystérieux Tancrède épouse celle du “peuple du vent”, ces farouches guerriers normands venus de la lointaine Scandinavie. D’aventure en aventure au cœur de l’Europe du XIIe siècle, le jeune homme va devoir affronter d’innombrables dangers aux côtés d’Hugues de Tarse, son maître et ami. Embarqué dans ce périlleux voyage au bout de lui-même, parviendra-t-il enfin à percer le secret de ses origines ? Une saga pleine de mystères, maginfiquement restituée par Viviane Moore.

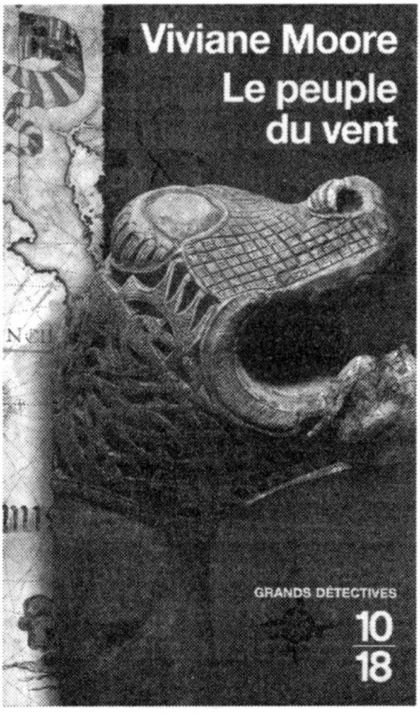

n° 3890 – 7,30 €

BIBLIOTHÈQUES 10/18, DES ESSAIS QUI DONNENT À PENSER

Impression réalisée sur Presse Offset par

CPI
Brodard & Taupin

La Flèche (Sarthe), 41860
N° d'édition : 3964
Dépôt légal : juin 2007

Imprimé en France